자전거가 있는 풍경

자전거가 있는 풍경

구효서 · 박경철 외 지음

아침이슬

페달을 밟다

길 위에서

풍경을 보다

자전거의 꿈

페달을 밟다

멀고 먼 자전거 배움의 길

— 구 효 서

자전거란 쉽게 볼 수 있는 물건이 아니었다. 그 옛날 우체부 아저씨의 빨간 자전거도 내가 초등학교에 입학할 즈음에야 보게 되었다. 그 전에는 우체부 아저씨에게도 자전거가 없었다. 그런 노래가 있지 않은가. '아저씨 아저씨 우체부 아저씨 큰 가방 메고서 어딜 가세요?'

우편 마크가 새겨진, 정말로 큰 가죽 가방을 메고서 고을고을을 일일이 걸어 다니며 편지를 배달하던 시절이었다. 우리 마을에서도 가장 먼저 자전거를 타고 나타난 사람은 바로 그, 우체부 아저씨였다.

빨간 자전거를 타고 나타난 우체부 아저씨는 정말 멋졌다. 우리는 땀을 뻘뻘 흘리며 공연히 자전거 뒤를 따라 뛰었다. 신기한 것이 내달리면 아이들은 거의 반사적으로 쫓아 뛰게 마련이었다. 어쩌다 한길에 군용 트럭이라도 나타나면 배기통에서 뿜어져 나오는 푸른 연기를 따라 뛰었다. 불완전 연소된 배기가스의 쇳내는 묘한 환각 작용을 일으키는 것 같았다.

무언가 내달리는 것을 무조건 따라 뜀박질하는 버릇은 그 뒤 구름 같은 연막을 내뿜는 방역차의 뒤꽁무니를 따라잡는 일로 이어졌다.

그런 뜀박질의 출발은 우체부 아저씨의 자전거로부터 비롯된 거였다. 아이들은 꼬리를 물고 우체부 아저씨의 자전거를 따랐다. 아저씨가 바퀴에 달린 종이라도 울릴라치면 아이들은 자지러지듯 환호를 질렀다. 오랑캐를 내치고 개선하는 고구려 기마 병졸들의 외침이 그러했을까. '따르릉 따르릉 비켜나세요. 자전거가 나갑니다. 따르르르릉…….' 교과서에서만 읽고 부르던 자전거가 실제로 눈앞에서 반짝거린나는 사실만으로 하굣길은 한없이 즐거웠다.

우체부 아저씨의 자전거가 나타난 뒤로도 오랫동안 마을에는 자전거가 없었다. 자전거란 여전히, 가 닿을 수 없는 곳에 그림으로

만 존재하는 꿈같은 것이었다.

　요즘 아파트 단지 안에 방치되어 있는 멀쩡한 자전거들을 보면 우리가 지나치게 일찍 꿈을 이루었구나 싶으면서, 그 꿈이 너무도 초라해 보여 슬며시 눈길을 외면하게 된다.

❋　❋　❋

　아주 더디긴 했지만 마침내 마을에도 한두 대의 자전거가 출현했다. 그때부터 자전거를 타려는 우리들의 눈물겨운 도전이 시작되었다. 길가에 세워져 있는 자전거를 주인 몰래 올라타는, 말하자면 '도둑 연수'였는데, 기껏 오 분 정도 타고 있으면 주인이 나타나 호통을 쳤다. 몇 미터 가지 못해 곧장 곤두박질쳐 핸들이 휘고 칠이 벗겨졌으니 주인이 불같이 화를 내는 것도 당연했다.

　훔쳐 타는 것도 어려운 일이었지만, 제대로 균형을 잡고 내달리는 일은 더욱 힘들었다. 자전거의 높이와 무게가 장난이 아니었다. 순전한 이동 수단, 운동 혹은 취미용의 날렵한 자전거는 그 뒤로도 수년이 더 지난 뒤에야 모습을 나타냈기 때문이었다.

　그때 시골에 등장하기 시작한 자전거는 이른바 '짐바리'라는 것이었다. 몸체의 삼각 구조물은 팔뚝만큼이나 굵은 강철 파이프였고, 바퀴의 휠과 살과 타이어도 굵고 무거웠다. 요즘 엠티비에서는 아예 구경도 할 수 없는 안장 뒤 짐바리는 커다란 방석 한 개를 철판으로 짜 놓은 모양이었다. 그곳에다 때로는 농기구도 싣고 쌀가마니도 얹었으며, 장이 서는 날은 이백 근도 넘는 돼지를 묶어 내다 팔았다.

사정이 그러했으므로 한 번 넘어진 자전거를 일으켜 세우는데 꼬마 혼자의 힘으로는 턱도 없었다. 붙잡고 그냥 서 있기도 버거운 자전거를 타고 운전할 생각을 하다니! 도전이라기보단 목숨을 건 사투나 다름없었다. 하지만 가혹하게도 자전거에 대한 유혹을 뿌리칠 수 없었다.

어린아이들이 탈 수 있는 작은 자전거는 나중에 서울로 전학 온 뒤에야 구경할 수 있었다. 그 작고 앙증맞은 두발 자전거를 처음 봤을 때의 기분이란, 어린이와 장애인을 끔찍하게 배려하는 문화 선진국을 방문했을 때의 놀라움과 같은 것이었다.

그런 것도 모르고 우리는 탱크와도 같은 짐바리 자전거와 숙명인 양 사부를 벌이고 있었던 것이다. 그나마 매우 용감하고 배짱이 좋은 친구는 어느덧 짐바리를 요령 있게 운전하게 되었는데, 나는 워낙 키가 작아 끝내 안장에 올라타지 못했다. 올라탄대도 발이 페

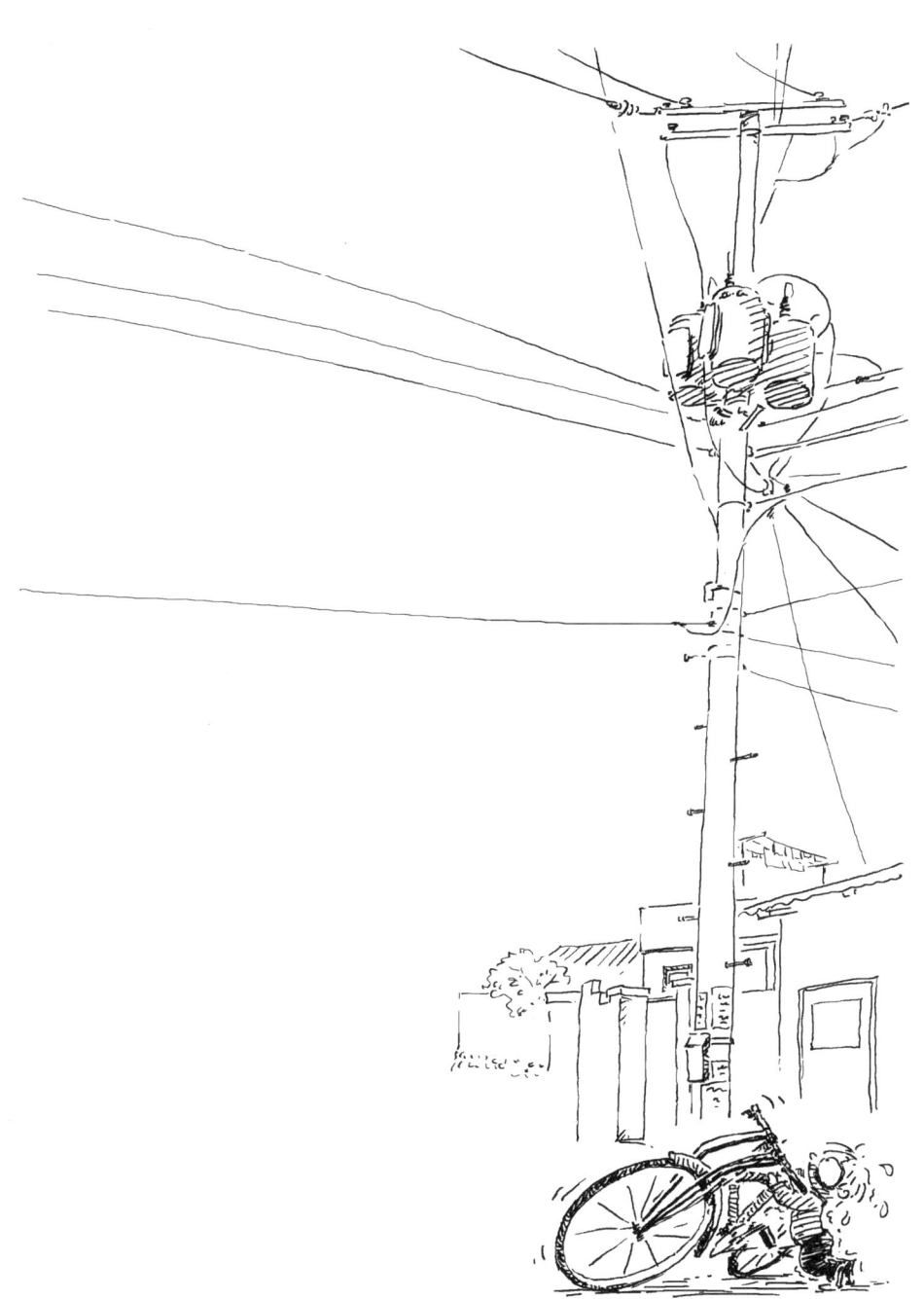

달에 닿지 않았으니까.

　그건 거의 서커스에 가까웠다. 핸들과 안장을 잇는 철제 바 밑으로 오른 다리를 넣어 건너편 페달을 밟는 방식이었다. 정지 화면으로 본다면 왼발은 펴져 있고 오른발은 비틀어져 꺾인 상태. 페달을 삼백육십 도 돌리는 것도 불가능했다. 겨우 구십 도를 오르내리며 구동했다. 구동력은 왼발에서만 나왔고, 오른발은 페달을 수평 상태로 끌어올리는 역할만 했다. 그만큼 사력을 다해 페달을 빠르게 밟지 않으면 안 되었다. 구십 도를 빠르게 오르내려야 하는 구동 방식 때문에 자전거에선 연신 탕탕거리는 소리가 났다. 체인의 장력이 뒷바퀴 톱니에 격발 식으로 걸리는 소리.

　그 자세로는 두 손으로 핸들을 잡을 수 없었다. 몸을 자전거에 붙이기 위해 오른팔로 안장을 잔뜩 끌어안고 있어야 했으므로 핸들은 왼손으로만 조작해야 했다. 몸무게도 키도 자전거에 턱없이 모자라는 꼬마가, 한쪽 다리를 꺾어 빗장처럼 지르고, 구십 도의 보잘 것 없는 구동력을 얻기 위해 쉴 새 없이 다리를 움직이며, 자선서에서 벌어지지 않으려고 한 손은 안장을 감싸 안고, 겨우 다른 한 손으로 핸들을 움켜쥐고 달리는 모습. 말의 한쪽 옆구리에 대롱대롱 매달려 초원을 달리는 몽골 인들의 기마술보다 훨씬 더 신기

14

하고 장한 모양이 아닌가.

❀ ❀ ❀

나는 용기도 배짱도 없었으므로, 내가 자전거를 '웬만큼' 탈 수 있었던 건 중학교에 입학하면서부터였다.

학교까지는 십 리였다. 학교가 멀다는 이유로 자전거를 사 달라고 졸랐다. 그때는 이미 자전거가 그리 귀하지만은 않은 물건이었다. 자전거를 타고 학교를 오가는 아이들이 부러웠다. 그렇기는 해도 자전거는 여전히 우리에겐 신나는 유희였다. 자전거를 타고 학교를 다니면 '편하겠다'가 아니라 '재밌겠다'였다. 자전거를 타고 학교를 오간다. 자다가도 웃음이 나올 일이었다.

막내의 요구를 묵살할 수 없었던 아버지는 어느 날 장에 가서 자전거를 사 왔다. 그러나 역시 우리 아버지는 우리 아버지였다. 내 체격에 맞는 자전거를 사 주었으면 얼마나 좋았을까. 이른바 사무용과 짐바리의 중간 형태의 자전거를 사 왔던 것이다. 통학용으로 쓰면서 가끔은 쌀도 싣고 돼지도 싣겠다는 의도였다.

나로선 불만이었지만 그래도 자전거가 생겼다는 데 만족하기로 했다. 그리고 자전거를 타고 등교하던 첫날, 집에서 오백 미터도 못 가 논에 처박히고 말았다. 내 자전거 실력은 '웬만큼'에 지나지 않았던 것이다.

교복을 몽땅 버려 결석할 수밖에 없었던 나는 그 다음 날부터 자전거에 대한 새로운 공포에 시달려야만 했다. 안장에 올라앉는 것이 미숙해서 큰 돌멩이나 다리 난간의 턱받이에 의존할 수밖에 없었다. 아이들이 다 지나가기를 기다려 슬쩍 올라타곤 했다. 중학생 주제에 자전거 하나 제대로 탈 줄 모른다는 놀림을 받기 싫었다. 첫날부터 논에 처박힌 충격 때문인지 좀처럼 자전거 실력이 늘지 않았다. 게다가 길이라곤 백 퍼센트 비포장도로였다. 자갈이 많거나 언덕바지거나 급한 내리막길에서는 끙끙거리며 무거운 자전거를 끌었다. 내가 자전거를 타는 건지 자전거가 나를 타는 건지 알 수 없었다.

끝내는 자전거를 타지 않기로 했다. 학교 자전거 보관소에서 선배에게 머리를 쥐어 박히면서 자전거에 정나미가 떨어졌던 것이다.

당시 시골 중학교의 선후배 규율은 군대보다 더 엄격했다. 고달픈 등교 끝에 자전거를 보관소에 묶고 정신없이 돌아서는데 3학년 선배가 다가와 다짜고짜 주먹으로 머리통을 쥐어박았다. 경례를 안 했다는 이유였다. 겨우 중학교 3학년생에 지나지 않았던 선배가 그때는 왜 그리 거인처럼 커 보이던지. 해머 같은 주먹으로 십수 차례 얻어맞은 나의 빡빡머리는 멍게처럼 우둘투둘 부어올랐다.

다 자전거 때문이라는 생각이 들었다. 자전거 보관소에서 그 선배와 다시 마주치기가 죽기보다 싫었다.

자전거를 타지 않겠다고 버텼다. 그러자 아버지는 역시 우리 아버지였다. 그냥 집에서 다용도로 쓰면 될 것을, 아버지는 감가상각비를 제하고 자전거를 다른 사람에게 팔아 버렸다. 결국 자전거를 '웬만큼' 탈 줄 아는 선에서 나는 다시 자전거와 멀어지게 되었다.

❋ ❋ ❋

중학교 2학년 때 서울로 전학을 왔다. 지금은 공원이 된 여의도에 커다란 광장이 있었다. 해방 직후엔 경비행기가 내리고 뜨던 곳이라 해서 여의도 비행장으로 불리던 곳이었다. 이름은 5.16광장으로 다시 바뀌었다. 내 자전거 실력이 완성된 곳이 그곳이었다. 지금도 그곳에선 자전거를 빌려 탈 수 있을 것이다.

여의도 광장은 내가 본, 세상에서 가장 넓은 공간이었다. 전후좌우 어느 곳으로 핸들을 틀어도 탁 트인 광장. 자전거를 배우기엔 그보다 좋은 곳이 없었다. 마침내 나는 두 손을 다 놓고 묘기를 부릴 수 있을 만큼의 실력을 갖추었다. 그곳에는 자전거를 뒤로 타는 사람들도 종종 눈에 띄었다.

자전거를 뒤로 타거나, 자전거를 멈춘 상태에서 넘어지지 않고 오랫동안 서 있는 묘기를 부릴 수는 없었으나 자전거는 더 이상 나에게 두려움의 대상이 아니었다. 자전거는 내가 맘먹은 대로 움직여 주었으니까.

핸들을 조작하고 페달을 밟는 데 머리를 쓸 필요가 없었다. 몸이 알아서 균형을 잡아 주었다. 전혀 자전거를 의식하지 않아도 자전거는 내 마음의 일부인 양 자유자재로 움직여 주었다.

클로버 타자기로 자판을 익힐 때도 그랬던 것 같다. 원고지에 소설을 쓰다가 타자기를 사용하기 시작한 것이 80년대 후반쯤이었다. 처음에는 자모음의 위치를 눈으로 더듬고, 어색하게 손가락 끝으로 힘주어 눌렀다. 그러면 비로소 종이에 원하는 글자가 찍혔다. 문단 하나를 타이핑하는 데 꽤나 시간이 걸렸다. 그런 식으로 몇 편의 소설을 써 내자 더 이상 자판을 들여다보지 않아도 되었다. 원하는 문장을 머릿속에 그리기만 하면 손이 서질로 움직여 문장을 찍어 냈다. 지금은 작가들이 모두 컴퓨터 문서작성 프로그램을 이용해 소설을 쓴다. 눈은 줄곧 모니터를 향하고 있을 뿐 자판을 들여다보지 않는다. 자전거처럼, 이제 키보드에도 자유자재한 것이다.

❉ ❉ ❉

자전거가 흔해졌다. 우리 집 베란다에도 두 대의 자전거가 있다. 자전거를 탈 수 있는 공간도 갈수록 많아진다. 중계동 집에서 중랑천까지는 자전거로 오 분쯤 걸린다. 중랑천 변의 자전거 전용 도로를 따라 달리다 보면 한강까지 닿을 수 있다. 봄은 봄대로 여름은 여름대로, 강바람을 맞으며 맘껏 달리다 보면 절로 자유와 해방이라는 말의 뜻을 만끽하게 된다.

그러다 문득 자전거를 잊는다. 분명 자전거를 타고 달리는데 자전거가 전혀 느껴지지 않는다. 내가 느끼는 것은 천변에서 낚시질하는 사람들의 한가로움과 바람의 서늘함과 맘속에서 일고 있는 상쾌함뿐이다. 그럴 때 자전거는 없다. 자전거가 사라진다. 그러나 자전거가 없는 것은 아니다. 있되, 없다.

아직도 내가 자전거에 서툴다면 나는 여유롭게 강변의 풍경들을 즐길 수 없으며 맘속에서 일어나는 상쾌한 기분을 느낄 수 없을 것이다. 핸들과 페달과 균형에 신경 쓰느라 머릿속에는 온통 자전거

뿐일 것이다. 한 순간도 자전거의 존재를 잊을 수 없을 것이다.

잊혀지는, 사라져 주는 자전거가 고맙다. 계절 따라 피어나는 천변의 꽃들과 햇살과 구름을 낱낱이 감상할 수 있게 해 주고 해방감을 만끽할 수 있게 해 주면서 정작 자신의 존재를 감쪽같이 숨기는 자전거가 고맙다. 그와 같은 완벽한 봉사가 어디 있단 말인가. 남을 도우면서 결코 자신을 드러내지 않는, 자신의 존재를 지워 타인을 자유롭게 하는 헌신.

남들보다 더디게 배운 자전거였다. 그래서 자전거의 위대함도 남들보다 더디게 깨달았나 보다.

다만 사라지는 것만으로는 누군가를 자유롭게 할 수 없는 거였다. 달리던 자전거가 갑자기 사라진다면 자전거를 타던 사람은 땅 위에 곤두박질쳐 크게 다칠 게 뻔하다. 사라지지 않되 사라지는 방식이어야 자전거에 올라탄 사람이 자유로울 수 있지 않겠는가.

사라지지 않으면서 사라지는 방식이란 무얼까. 자전거 탄 사람의 수족이 되어 주는 것, 원하는 대로 움직여 주는 것, 더 나아가 원하기 전에 미리 살피는 마음. 그러고도 대가나 보상을 바라지 않는 것. 자전거의 존재를 의식하지 못할 정도로. 그것은 부처의 자비와 예수의 사랑을 제대로 이해하고 실천하는 방법 아닐까.

나 자신 누구에겐가 한 번이라도 자전거가 돼 주었던 적이 있었던가. 오늘도 나는 자전거를 타며 생각한다. 내가 지금껏 건강하게 살며 바람과 구름과 하늘을 숨 쉴 수 있었던 것은, 내가 그동안 미처 인식하지 못했던 많은 자전거 같은 이웃과 가족과 친구들이 있었기 때문이었을 거라고. 이제부턴 내가 누군가의 자전거가 돼야 하지 않을까 하고.

구효서_ 1957년 강화도 출생. 1987년 《중앙일보》 신춘문예에 소설이 당선되었다. 한국일보문학상, 이효석문학상, 황순원문학상을 수상했고 단편집으로는 『도라지꽃 누님』, 『아침 깜짝 물결무늬 풍뎅이』, 『시계가 걸렸던 자리』, 장편소설로는 『늪을 건너는 법』, 『남자의 서쪽』, 『낯선 여름』, 『라디오 라디오』, 『비밀의 문』, 『메별』 등이 있다.

영민이의 출발

― 박 경 철

아침 출근길에 영민이 모자를 만났다.

모자는 함께 자전거를 타고 있었는데 영민이 녀석이 비명 같은 외마디 소리를 내지른다. 영민이가 지르는 그 소리가 기쁘다는 표현이라는 사실을 모르는 사람들은 아마 자전거 타기가 싫어서 비명을 지르는 것으로 알았을 것이다. 하지만 지금 영민이가 "아악~!" 하고 지르는 저 날카로운 외마디 소리는 녀석이 세상에서 가장 행복한 순간에 내는 소리나. 너식은 중증 자페아이기 때문이다.

영민이네는 나와 같은 아파트에 살고 있다. 영민이 아빠는 인근 도시의 꽤 괜찮은 자리에 있는 공무원이고 엄마는 영민이 하나에

하루 종일 매달려 살다시피 한다. 물론 영민이가 특수학교의 중학교 과정을 마치고 고등학교만 가도 엄마가 영민이로부터 벗어날 수 있는 시간이 좀 많아지겠지만, 아직은 영민이 하나에만 매달려 살고 있다. 이런 영민이에게 오래전부터 한 가지 소원이 있었으니 그것은 자전거를 가지는 것이었다.

✤ ✤ ✤

삼 년 전의 일이다. 영민이 엄마가 또 내 진료실을 찾았다. 이번에도 온몸이 멍투성이인 데다 입술마저 찢어져 입이 퉁퉁 부어 있었다. 영민이 엄마가 진료실에 들어서는 순간 나는 남편에게 또 폭행을 당했다는 사실을 금세 알아차렸다. 영민이 엄마는 거의 서너 달에 한 번은 같은 이유로 병원을 찾는 단골 환자였기 때문이다.

한번은 머리를 맞아서, 한번은 갈비뼈에 금이 가서, 또 한번은 이마가 찢어져서, 또 한번은 손목이 삐어서……. 영민이 엄마의 진료 차트에는 일일이 나열하기도 어려울 정도로 수많은 상해 사실이 기록되고 있었다.

영민이 엄마는 그럴 때마다 매번 상해 진단서를 받아 갔다. 그리고 아마 그날 저녁 영민이 아빠의 면전에 진단서를 들이밀었을 것이다. 이제 이 진단서를 근거로 소송을 하겠다는 위협 아닌 위협과 함께 말이다. 하지만 그것은 지금까지 단 한 번도 효과를 발휘하지 못했다. 오히려 그것을 이유로 구타를 당해 다음 날 병원을 다시 찾은 적도 있었다.

❉ ❉ ❉

남녀 사이에 일어나는 일은 귀신도 모른다고 한다. 그래서 한쪽의 이야기만 듣고 어느 일방을 잘했다 잘못했다 판단하기는 어렵다. 하지만 한 가지 분명한 것은 영민이 엄마가 남편의 폭력에 시달린 것이 이미 십수 년째라는 사실이다. 영민이 아빠의 폭력은 그녀가 영민이를 임신했을 때부터 시작되었다.

임신 6개월이 되는 어느 날 이웃 아주머니가 이상한 소리를 했다. 영민이 아빠에게 여자가 있다는 소문이 파다하다는 것이었다. 그녀는 그날 저녁 남편에게 사실 여부를 추궁했고, 처음으로 남편에게 발길질을 당했다.

그것이 시작이었다. 다음 날 남편이 애를 떼자고 했다. 아내가 남편을 믿지 못하니 그런 여자하고는 도저히 같이 살 수 없다는 것이었다. 처음에는 화가 나서 그러려니 생각하고 손이 발이 되도록 싹싹 빌었다. 동네 사람들의 요망한 소문을 듣고 남편을 의심한 죄를 용서해 달라고 빌고 또 빌었다. 하지만 한번 돌아선 남편의 마음은 풀리지 않았다.

그때까지만 해도 영민이 엄마는 그것이 이미 돌아선 마음이 드러난 것에 불과하다는 사실을 알지 못했다. 그때부터 매일같이 아이를 지우라는 남편의 등쌀에 시달려 결국 병원을 찾기도 했지만 산모의 생명이 위험한 경우를 제외하고는 중절을 하기에 너무 늦었다는 의사의 이야기를 듣고 돌아서야 했다.

하지만 남편의 폭력은 점점 더 심해졌다. 매일같이 술을 먹고 들어와 잠든 아내의 배를 차고 주먹을 휘둘렀다. 그녀는 남편이 퇴근할 시간이면 저녁 준비를 해 놓고는 키를 가지고 작은 방으로 들어가 숨었다. 문을 잠그고 자도 남편이 키로 문을 열고 들어와서 폭력을 휘둘렀기 때문이다. 임신 기간 내내 그런 생활이 이어졌다. 남편이 출근하고 나면 부엌에 나가 일을 하고 남편이 퇴근할 무렵이면 다시 키를 들고 작은 방으로 들어가 문을 꼭꼭 걸어 잠그고는 한껏 웅크린 채 잠이 들었다. 마치 우렁 각시처럼 몇 달을 그렇게 살았다.

하지만 그녀는 남편을 원망할 수 없었다. 임신한 예비 엄마의 몸으로 남의 말만 듣고 하늘 같은 남편을 의심한 자신을 탓하면서, 그래도 아이를 낳고 나면 남편의 분노가 봄눈 녹듯이 녹아내릴 것이라고 믿었다.

＊ ＊ ＊

결국 출산일이 되고 어렵사리 아이를 낳았다. 하지만 출산 당일 잠시 얼굴만 비친 남편은 아이 엄마가 병원에서 퇴원하는 순간까지 모습을 보이지 않았다. 삼 일 만에 강보에 싼 아이를 안고 집으로 돌아온 그녀는 무려 육 개월 만에 당당히 안방에 자리를 펼 수 있었다. 아이를 위한 이불, 기저귀, 장난감, 젖병을 구석에 가득 쌓아 두고는 예전에 자신이 남편과 나란히 누워 자던 그 자리에 자리를 펴고 아이와 같이 누웠다. 그 후 남편은 더 이상 폭력을 휘두르지 않았다. 이제는 모든 것이 서서히 제자리로 돌아가는 느낌이었다.

사랑하는 아이, 손이 귀한 시댁에서 그토록 기다리던 사내아이를 낳은 엄마의 마음은 그동안 받았던 모진 설움이 한 번에 모두 날아가 버릴 만큼 행복하고 빅찬 것이었다.

하지만 그것으로 끝이 아니었다. 그녀가 아이와 함께 안방으로 돌아오자 이제는 남편이 작은 방으로 건너갔다. 처음에는 아이가 밤에 우는 것이 힘들어서 여느 남편이 그렇듯이 도피한 것이라고 생각했지만, 남편은 그녀와 눈도 마주치지 않았다. 그녀는 그저 자기 업보려니 생각했다. 그나마 남편이 아이를 보고는 잠시 어르기도 하고, 아이 앞에서는 소리도 지르지 않고, 술을 먹고 행패도 부리지 않으니 다행이라 여겼다.

❊ ❊ ❊

아이가 세 살이 지나면서 이상한 행동을 하기 시작했다. 영민이는 지나치게 TV를 좋아했고 소변도 가리지 못했다. 그러나 영민이가 첫아이인 엄마로서는 그것이 이상 행동이라는 사실조차 몰랐다. 원래 늦되는 아이가 있다고도 하고, 어른들은 오히려 대소변 늦게 가리는 아이가 머리가 좋다고 해서 그저 그런가 했을 뿐이었다.

그런데 영민이를 어린이집에 보냈더니 아이가 이상하다는 연락이 왔다. 어린이집 선생님의 이야기를 듣고 보니 아이의 행동이 이상했다.

영민이는 말도 늦었고, 학습도 늦었고, 어린이집에서도 사흘을 버티지 못하고 집으로 돌아왔다. 엄마가 없으면 아이가 공격적인 행동을 하거나 자해를 했기 때문이다. 영민이는 어린이집에서 양

손의 손등이 벌겋게 까져 돌아오곤 했다. 손등으로 바닥을 치거나, 장난감으로 손등을 계속 내려쳤기 때문이다. 그제야 영민이 엄마는 아이를 데리고 병원을 찾았고, 아이에게 자폐가 있다는 사실을 알게 되었다.

그날부터 지금까지 영민이 엄마의 삶은 어둠 그 자체였다. 남편은 날마다 "병신 자식을 낳은 년"이라는 욕설과 함께 매질을 했고, 철없는 아이는 그때마다 아빠의 발을 물어뜯다가 소리를 지르면서 발작을 하곤 했다. 아빠의 폭력이 도를 더해 갈수록 아이도 점점 닫혀 갔다.

결국 친정에서 사실을 알고 이혼을 종용했지만 이혼을 할 수는 없었다. 그나마 공무원인 남편의 수입이라도 없으면 아이를 어떻게 키우느냐는 걱정이 그녀의 선택을 가로막았다. 여느 여자라면 이혼을 하더라도 위자료로 장사를 하거나 마트에서라도 일을 할 수 있지만 그녀에게는 영민이라는 큰 짐이 있었다. 애정이 없는 아빠에게 영민이를 맡기고 떠난다는 것도 상상할 수 없었고, 그렇다고 혼자 힘으로 아이를 기우면서 계속 치료를 받게 힐 현실적인 능력이 없었다. 무엇보다 걱정인 것은 그렇잖아도 장애가 있는 아이인데 부모마저 이혼을 한다면 영민이의 장래가 너무나 절망적일

것 같았다. 그런 생각이 그녀를 그 혹독한 환경에서 이를 악물고
살아가게 만든 것이다.

그 사실을 잘 알고 있는 나는 그녀가 남편에게 맞아 병원을 찾을
때면 치료만 하면 그만인 의사의 본분을 잊은 채 이혼을 생각해 보
라고 조언하지 않을 수 없었다. 요즘은 이혼을 해도 재산을 분할할
수 있고 장애인에 대한 보호 장치도 많으니 오히려 지금보다 나은
환경에서 영민이를 키울 수 있을 것이라고 설득했다. 그러나 꽤 많
았어야 할 영민이 아빠의 재산은 어떤 이유에선지 별로 남은 게 없
었고, 그나마 아파트마저 이중 삼중으로 담보가 잡혀 있었다. 더구
나 법적으로 퇴직금은 분할을 할 수 없기 때문에 만약 이혼을 하게
되면 그저 남편의 배려를 기다리는 길밖에 없다고 했다.

❖ ❖ ❖

사방이 막혀 있었다. 대명천지에 일어날 수 있는 일이라고 믿어
지지 않았다. 영민이 아빠에게는 이미 다른 여자가 있었고 이삼 년
전부터는 진단서를 끊어서 들이밀면 오히려 제발 이혼을 하자고
한다는 것이다. 아무도 이 문제에 해답을 가지고 있지 못했다. 그
리고 영민이 엄마의 상처는 계속 늘어만 갔다.

어쩌면 영민이뿐 아니라 엄마도 이미 자폐자였는지 모를 일이었다. 그녀 역시 새댁 시절에 이웃의 소문을 잘못 믿고 결혼 생활을 망쳤다는 자책으로 주변 사람들과 잘 어울리지 않았고, 영민이한테 이상이 생긴 후로는 시댁 식구들로부터도 외면을 당했다. 거기다가 나머지 시간도 영민이에 매달려 지내면서 두 모자가 사회로부터 완전히 격리되어 버렸기 때문이다.

그런 엄마의 마음을 아는지 모르는지 영민이가 유일하게 관심을 가지는 것이 바로 자전거였다. 영민이의 운동 신경으로는 자전거를 타면 다칠 것이 뻔해서 자전거를 사 주지 못했는데 영민이는 자전거만 보면 넋을 놓고 "자전거, 자전거!!"하고 외친다는 것이었다. 녀석의 닫힌 마음에도 발만 디디면 두 바퀴로 구르는 자전거가 그렇게 신기했었나 보다. 하지만 엄마는 자전거를 타다가 아이가 다치기라도 하면 그 뒷감당이 두려워서 자전거를 사 주지 못했다.

그리고 한동안은 영민이 모자의 얼굴을 보지 못했다. 그리고 그날 아침 출근길에 엄마가 앞에 타고 영민이가 뒤에 탄 채 아파트 앞마당을 자전거로 달려 나가는 모습을 보게 된 것이다. 앞에서 페달을 밟는 엄마도, 뒤에서 "아악, 아악" 즐거운 비명을 지르는 아이도 세상에서 가장 큰 기쁨을 맛본 얼굴이었고 영민이 엄마도 내가 그녀를 본 이래로 가장 행복해 보이는 표정이었다.

❋ ❋ ❋

그날 저녁 퇴근해서 저녁상을 준비하는 아내에게 그 이야기를 꺼냈더니, 영민이네가 이혼을 했다는 것이다. 남편은 그날로 두 모자를 남겨 두고 직장이 있는 인근 도시로 짐을 싸서 떠났고, 영민이네에게는 담보가 잔뜩 잡힌 아파트와 한 달에 얼마씩의 생활비만 약속했다는 것이다.

그러고 보니 그날 아침 자전거를 탄 영민이가 내지른 소리는 그 질기고 가슴 아픈 질곡으로부터의 해방을 알리는 아우성이었다. 엄마는 아이가 그렇게 원하던 자전거를 가르치기 위해 중학생 나이의 아이를 자전거 뒤에 태우고는 매일 인근 공원으로 가서 하루 종일 자전거를 탄다고 했다. 영민이는 자전거를 배우느라 무릎이 다 까졌을 것이고, 엄마의 다리에는 알통이 올록볼록 배었겠지만, 그래도 그 상처들은 예전의 상처에는 비할 바가 아닐 것이다.

그것은 두 모자에게 힘들지만 새로운 삶이 열렸음을, 이제 그녀가 고통 속에서 홀로 서겠다는 결심을 했음을, 그리고 영민이에게는 세상과 소통할 수 있는 첫 번째 통로가 열렸음을 상징하는 것이었다.

❋ ❋ ❋

이티의 마지막에 등장하는 그 역사적인 명장면……

늦은 저녁 베란다로 비치는 커다란 달을 보면서 아이들이 하늘을 나는 자전거를 타고 저 멀리 달나라를 향해 페달을 밟던 그 아름다운 모습이, 이 슬프고 가슴 아픈 두 모자의 자전거와 한 개의 그림으로 오버랩되었다.

앞으로는 두 모자가 매일 밤 달을 향해 자전거를 타고 같이 페달을 밟는 꿈만 꾸기를 …….

박경철 _ 의학박사, 외과전문의. 안동신세계병원장을 지내고 있다. 《머니투데이》 편집국 전문위원이고 한국 소아암재단 고문이다. 매일경제 mbn 〈경제나침반 180도〉의 진행을 하고 있다. 저서로는 『시골의사의 부자경제학』, 『시골의사의 아름다운 동행 1,2』가 있다.

성국이 삼촌

— 안 재 성

요즘 어느 농촌에 가나 큼직하게 친환경 농업이라는 간판을 세워 놓고 오리 농법으로 벼를 키우는 논들을 볼 수가 있는데, 논에 오리를 풀어 풀과 벌레를 잡아먹게 하는 무농약 농사법이 예전부터 있어 왔다는 사실을 아는 사람은 많지 않을 것이다.

지금부터 40년 전, 경기도 용인의 산골짝 다락논 사백 평과 비슷한 크기의 비탈 밭이 농토의 전부였던 우리 부모님은 누가 가르쳐 주지 않았어도 열두 마리의 오리를 논에 풀어 김매기와 농약 치기의 품을 덜었다. 논은 도랑 건너 바로 집 앞에 있었는데, 따로 오리 집을 만들거나 그물망으로 논둑을 막아 놓지 않아도 오리들은 신기하게도 우리 논에만 들어가 풀과 벌레를 잡아먹다가 저녁이면 집으로 돌아왔다.

덕분에 부모님은 논에 들어갈 일은 거의 없이, 갓 낳은 막냇동생까지 네 명이나 되는 아이들을 데리고 산속에 있는 시원한 밭에서 온종일 놀이 삼아 고구마 덤불과 고추 밭의 풀을 뽑고 나무 때서 밥도 해 먹으며 여름철을 보낼 수 있었다. 산중이라 뱀들이 자주 기어 나왔는데 아버지는 능숙한 솜씨로 잡아 모닥불에 구워 네 아이들에게 골고루 나눠 주었다.

가끔은 흰 산양을 끌고 가 풀을 뜯어 먹도록 묶어 놓았다가 젖통이 통통해질 즈음에 젖을 짜서 그 자리에서 나눠 먹기도 했다. 아버지가 젖통을 살살 비벼 주다가 발그레하니 길쭉한 젖꼭지에 네 손가락을 걸어 누르면 뽀얀 젖이 뿜어져 나와 양은그릇을 금방 가득 채웠다. 그 자리에서 마셔도 맛있지만, 살짝 끓여 주면 연한 치즈와 같은 하얀 막이 표면에 떠올라 고소한 별미가 되었다.

* * *

겨울에는 두 칸뿐인 방의 한 칸을 비워 병아리를 부화시켰다. 방 안의 물도 꽁꽁 얼어 버리는 엄동설한에도 암탉이 병아리들을 부화하는 방에는 눅눅하고도 포근한 습기가 가득하여 우리 형제들은 살그머니 방문을 열고 병아리들을 들여다보는 일로 긴 겨울밤을 보내곤 했다. 매일 태어나는 샛노란 병아리들은 이내 윗방을 가득 채워 온통 노란 물결을 이뤘고, 삐악거리는 병아리 소리가 밤낮으로 귀를 간질였다. 병아리는 얼마 지나지 않아 삼백 마리가 넘어섰고, 이제는 안방까지 밀고 들어오고 닭똥 냄새로 집 안이 엉망이 되어 버렸지만 아버지는 우리들에게 장차 닭과 오리와 양을 키워 부자가 되리라 기분 좋게 이야기를 해 주시곤 했다.

온갖 가축이 뛰어노는 농장 주인이 되겠다던 아버지의 꿈은 병아리들이 원인도 알 수 없이 떼로 죽어 가면서 깨지기 시작했다. 그 많던 노란 병아리들이 거의 다 죽어 버리고 겨우 남은 열댓 마리조차도 마을 청년들이 한 마리씩 훔쳐 가는 바람에 얼마 안 가 원래 그대로 서너 마리 암탉만 남고 말았다. 아직 새마을운동이 시작되기 전이어서인가, 마을 청년들은 밤마다 모여 화투를 쳤고 벌칙으로 우리 집 닭들을 서리해 잡아먹었던 것이다.

오리들도 청년들의 서리 등쌀에 하나씩 없어지기 시작하더니 오소리로 짐작되는 산짐승까지 나타나 앙상한 뼈와 깃털만 남기고 사라졌다. 어느 날 화가 난 아버지는 남은 오리를 몽땅 잡아 버렸는데, 고기를 어떻게 했는가는 모르겠다. 사실인즉 그 무렵 아버지도 동네 화투판에 단골로 드나들고 있었고 동네 청장년이래야 날 때부터 함께 자란 사이들이니 공범이 아니었을까 하는 혐의를 지울 수 없다.

산양마저 사라진 것은 양들의 어리석음 때문이었다. 우리는 산양을 그냥 양이라 불렀는데, 이 양이란 짐승은 잠시만 한눈팔면 제 스스로 목을 매고 죽는 어리석은 녀석들이었다. 어느 날 아버지가 밭 가장이 나무에 어미 양을 묶어 놓았는데 나무를 뱅뱅 돌다가 목줄이 짧아지는 바람에 목이 졸려 죽어 버리고 말았다. 죽은 양의 고기는 노린내가 나서 먹을 수도 없었다. 어린 새끼들을 어떻게 했는지는 기억나지 않지만, 어느 날부터인가 우리 집에서는 더 이상 산양의 울음소리가 들리지 않게 되었다.

※ ※ ※

앞 이야기가 길어졌는데, 본래 하고 싶었던 이야기는 가난한 우리 가족에게 농장의 꿈을 갖게 해 주었던 사람에 대해서다. 개도 키우지 않던 우리 집에 처음으로 오리와 산양과 암탉을 가져다준 사람은 군포 외가에 사는 작은 외삼촌, 엄마의 동생인 성국이 삼촌이었다.

  군포와 용인은 백 리 길이 넘는 데다 당시는 신작로라 불리던 비
포장 흙길이어서 자전거를 타기에 무척 힘들었을 텐데 성국이 삼
촌은 짐받이에 오리며 산양을 담은 상자를 묶고, 그 먼 길을 용케
도 달려왔다. 외가댁은 잘사는 편이어서 짐승들 말고도 쌀이며 과
일들을 싣고 오기도 했기 때문에 외삼촌이 뽀얗게 먼지를 뒤집어

쓴 채 자전거를 끌고 나타나는 날이면 우리 집은 갑자기 부자가 된 느낌이었다. 삼촌의 자전거에서는 끝도 없이 먹을거리와 짐승들이 나왔다.

농사를 짓느라 까맣게 탄 데다 깡마른 몸에 군살이라곤 없이 근육질로 탱탱한 성국이 삼촌은 큰 눈이 서글서글하고 음성도 무척 좋았다. 그 무더운 날 삼촌이 마루턱에 앉아 우리 부모님과 웃고 떠드는 모습을 보는 것만도 즐거웠다. 타고나기를 선량하고 부지런했던 사람이라 짐만 부려 놓고는 부지런히 그 먼 길을 돌아갔다. 외삼촌이 아무것도 실리지 않은 빈 짐자전거를 타고 먼지를 날리며 멀어져 가던 모습이 아련하다.

농장의 꿈을 접을 무렵, 아버지는 마침 철도청에 말단 페인트공으로 취직이 되었다. 우리 가족은 아궁이 연기와 흙먼지에 찌든 궁색한 살림을 싸 들고 이농 대열에 합류했다. 그러나 가난은 서울에서도 우리를 기다리고 있었다. 평당 14원인가를 받고 시골 땅과 집을 모두 팔아 마련한 서울집이란 게 상도동 산동네 빈민굴의 열세 평짜리 오두막이었다. 아버지가 받는 월급 칠천 원으로는 생계를 유지하기도 힘들었다. 어머니는 계란이니 화장품이니 닥치는 대로 머리에 이고 팔러 다니는 행상이 되었다.

성국이 삼촌의 짐자전거는 이때도 우리 형제들의 기다림 속에 다시 백 리 길을 달려왔다. 외할머니가 농사지은 참외와 수박부터 쌀과 보리, 오이며 감자, 호박 같은 채소까지 짐칸 가득 채운 자전거가 오는 날이면 우리들은 잔칫날처럼 신났다. 먹을거리만큼 좋았던 것은 외삼촌의 그윽한 음성과 웃음소리였다. 그 단단한 근육으로 조카들을 하나는 안고 하나는 등에 지고 목말까지 태우며 놀아 주는 외삼촌이 그렇게 좋을 수가 없었다.

＊ ＊ ＊

여러 외삼촌 중에서도 유독 친했던 이 성국이 삼촌이 갑자기 우리 가족과 멀어진 것은 베트남전 때문이었다. 맹호부대 탱크병으로 입대한 삼촌은 베트남에 파병되었고, 제대한 후에는 갑자기 독실한 기독교 신자가 되어 전도를 한다며 전국을 떠돌기 시작했다. 일주일에 나흘은 공사장에서 막노동을 하고 나머지 시간에는 아무 단체에도 소속되지 않은 전도사로서 자기 돈으로 산 성경책과 성가집을 나눠 주러 다니는 사람이 된 것이다. 저절로 집안 식구들과는 멀어질 수밖에 없었다.

집안사람들은 성국이 삼촌의 기이한 변화가 베트남전에서 얻은 전쟁 후유증이라는 것을 나중에서야 알게 되었다. 최전방 밀림에 배치되어 전투를 하는 과정에서 정신적으로 심각한 후유증을 얻게 되었고 그것이 그를 거의 광적인 종교인으로 만들었던 것이다.

더욱이 전투 중에 고엽제를 비처럼 맞았던 그는 제대 후부터 시름시름 앓기 시작했고 결혼해 낳은 두 아들은 태어날 때부터 기형이었다. 결국 삼촌은 오십을 갓 넘긴 나이에 사망하고 말았다. 수없이 병원에 드나들었으나 의사들은 병명조차 밝히지 못했고, 고엽제에 대해 알려지지 않았던 때라 가족들도 고엽제 피해라는 사실을 전혀 몰랐다.

놀라운 것은 삼촌의 장례식이었다. 전세방 한 칸 없어 남의 집에 얹혀살던 노동자의 장례식에 오백 명이 훨씬 넘는 문상객이 몰려왔던 것이다. 손님 맞을 공간도 없고 대접할 밥그릇도 없어 사람들은 자기 돈으로 밥을 사 먹어 가며 차 속에서 밤을 지새웠다. 장지로 가는 차량 행렬이 얼마나 길었는지 경찰차들이 동원되어 교통정리를 해야만 했다. 모두들 평소 삼촌으로부터 전도를 받았거나 마음의 위로를 받았던 사람들이었다. 가난한 누이와 조카들을 위해 흙먼지 날리는 백 리 길을 달려오던, 서울까지 복잡하고 위험한 백 리 길도 마다 않고 짐자전거를 달리던 그의 마음이 누구에겐들

다름이 있었으랴.

❀ ❀ ❀

삼촌이 돌아가시고도 십여 년이 지나서야 나는 『황금이삭』이라는 장편소설로 그의 이야기를 썼다. 삼촌이 우리 집까지 달려온 이야기보다는 베트남전의 참상과 그로 인해 고통 받은 한국군들의 생애를 다루고 싶었다. 오늘의 부와 평화를 이룩한 밑바탕이 되었던 황금 이삭과도 같은 사람들의 이야기를 하고 싶었던 것이다.

어제는 또 다른 인물의 이야기를 탈고했다. 일제하 서울에서 혁명적 노동운동을 통해 항일운동을 벌였던 이관술의 생애를 그린 장편 다큐멘터리다. 경북 울산의 삼백 석지기 대지주의 맏아들로 태어나 일본 동경고등사범학교를 나와 동덕여고 교사를 하다가 민족 해방 운동에 뛰어든 그는 일제강점기 동안 두 번에 걸친 5년간의 감옥살이와 8년여의 도피 생활로 젊음을 불사른 인물이다. 이를 위해 그 많은 재산을 다 팔아 자금으로 써 버렸고 일제의 마지막 날까지도 변질하지 않고 싸웠으나 해방 후 불과 8개월 만에 정판사위조지폐사건의 주모자로 체포되어 처형당한 불운의 혁명가이기도 하다.

이관술의 일대기를 재구성하는 동안, 자꾸만 돌아가신 외삼촌이 떠오른 것은 왜일까? 외삼촌은 공산주의를 막기 위해 몸을 바친 사람이고, 이관술은 거꾸로 공산주의 활동을 하다가 위폐범이라는 오명을 쓰고 죽었으니 전혀 다른 인생을 살았는데, 마지막 부분을 쓰는 내내 나는 외삼촌을 떠올렸다. 자전거 때문이었다.

일제 말기 엄혹한 상황에서 이관술은 나의 외삼촌이 타고 다녔던 것과 같은 검정색 커다란 짐자전거로 전국을 누비고 다녔다. 기차나 버스는 왜경의 검문검색이 심했을뿐더러 여행 경비를 아끼기 위해 자전거에 항일 유인물을 싣고 남으로는 대구, 마산까지, 북으로는 함흥, 청진까지 달려갔다. 넝마주이, 고물 장수로 위장해 폐품이 가득 담긴 자전거 짐칸 깊숙이 유인물을 숨긴 채 곳곳에서 활동하는 동지들에게 이를 전달하기 위해 몇 날 며칠 흙먼지 날리는 신작로를 달렸다. 한번 자전거를 타고 나갔다가 돌아올 때면 온몸에는 먼지를 뒤집어쓰고 옷은 남루하여 차마 볼 수가 없었다고 한다.

해방 직후 이관술을 잘 알았던 사람들의 증언은 더욱 외삼촌의 추억을 떠올리게 한다. 자전거를 타고 천 리 길을 누비고 다녔던 이관술의 얼굴은 새까맣게 탔고, 근육질만 남은 몸은 강철처럼 단단했다고 한다. 짐자전거를 끌고 다니던 부지런한 사람들의 일반적인 모습인가? 양팔에 조카들을 하나씩 매달고 번쩍 들어 올려 보이던 외삼촌은 세상에서 가장 힘센 사람이었다. 때로는 야구공이라도 들어 있는 듯 탱탱하게 튀어나온 알통을 보여 주며 만져 보라고 하기도 했다. 지금도 그 알통의 탄력이 느껴지는 듯하다.

공산주의를 막기 위해 그들보다 더 잔인한 짓을 해야 했던, 그리고 그 후유증으로 평생을 괴로워하다가 죽어 간 외삼촌. 민족 해방을 위해 공산주의라는 극약 처방을 받아들이고, 결국은 그 독을 마시고 죽어 간 이관술. 두 사람은 서로 전혀 다른 것 같지만 하나로 보인다. 최소한 자기 이익을 위해서만 살지는 않았다는 점이 같고, 민중의 행복을 위해 자신의 인생을 아무렇지 않게 버렸다는 점이 같다. 그리고 검정 짐자전거를 타고 다녔다는 점이 같다.

한때 청계피복노동조합에서 일한 적도 있던 나는 또 다른 짐자전거의 달인들을 알고 있다. 열넷, 혹은 열다섯 어린 나이에 홀로 상경해 영세 피복 공장에 취직했던 70년대 남성 노동자들이다. 자정 넘어 한두 시까지 일하고 차가운 공장 바닥에서, 재단판 위에서 새우잠을 자다가 꼭두새벽에 일어나 어른도 타기 힘든 짐자전거에 제품을 싣고 배달을 다녀야 했던 이들이다. 능숙한 이는 사람이 전혀 보이지 않을 만큼 잔뜩 제품을 실은 위에 배달하는 꼬마까지 태우고 다녔기 때문에 당시 경찰은 오토바이보다 위험한 자전거 배달꾼들을 단속하느라 바빴다고 한다. 이제 오십 줄이 넘은 이들의 이야기를 듣고 있으면 말하는 이나 듣는 이나 입으로는 웃지만 눈에는 눈물이 그렁그렁하다.

더욱 안쓰러운 것은 짐자전거 하나로 청계천을 누비던 이들 노동자들의 오늘이 예전보다 나을 게 없다는 점이다. 개중에는 스스로 업체를 차려 한때나마 돈을 번 사람도 있지만, 의류 산업이 사양화되면서 모은 재산 다 날리고 오히려 옛날보다 더 어려운 신용 불량자가 된 사람을 나는 여럿 알고 있다. 가내공장을 하든 남 밑에서 일하든 벌이도 십 년 전보다 더 나빠져 노조를 만들어 사람답게 살고자 싸웠던 시절이 무색하기만 하다. 이들의 피와 땀이 밑거름이 되어 이룩한 세계 10대 경제 대국의 열매는 다 누가 따먹어 버렸을까?

오늘의 한국을 이룩한 부와 자유와 인권의 밑거름이 되었던 외삼촌과 이관술과 청계천 노동자들의 또 다른 공통점은 불행하게 죽었거나 지금도 힘들게 살고 있다는 점이다. 날리는 흙먼지와 차량의 매연을 헤치고 무거운 페달을 밟으며 내일을 꿈꾸었던 그들의 진심을 기억해 주는 사람도 거의 없다. 하기야 그들이 어떤 명예를 바라고 페달을 밟았겠는가. 역사의 대지 위에 뿌려진 한 알의 씨앗이 되고자 했을 뿐이지. 그리고 나는 작가의 인생이 끝나는 날까지 사라진 황금 이삭들의 이야기를 발굴할 뿐이지. 한 알의 이삭이 어찌 바람을 탓하겠는가?

안재성_ 경기 용인 출생. 장편소설 『파업』, 『사랑의 조건』, 『황금이삭』, 역사 다큐 『경성트로이카』 등을 썼다.

자전거는 그리움이다

— 김 선 옥

아기 예수님의 실종

크리스마스 무렵이었다. 모두들 별 무리를 곱게 오려 화려한 크리스마스트리를 세우고, 아기 예수님은 구유를 만들어 눕혔다.

그런데 어느 날 갑자기 교회에서 한바탕 소동이 일어났다. 난데없이 아기 예수님이 사라져 버린 것이다. 신부님과 수녀님은 백방으로 찾아보았지만 실종된 아기 예수님은 찾을 수가 없었다. 이튿날 도리 없이 아기 예수님을 다시 만들어 구유에 눕혀야겠다고 결정했다. 그런데 이게 웬일인가. 유치부에 다니는 한 녀석이 어슬렁어슬렁 세발자전거를 끌고 들어오는 게 아닌가. 그러고는 아기 예

수님을 덥석 보듬어 구유에 내려놓더라는 것이다. 신부
님과 수녀님은 너무나 맹랑해서 호통을 치려다 하
도 어이가 없어 녀석에게 넌지시 물었다고 한
다. 어떻게 해서 아기 예수님이 네 세발자전
거에 탑승하셨냐고?

그러자 녀석은 대견스런 표정으로 구유에 누
워 있는 아기 예수가 너무 심심해 보여 골목
을 한 바퀴 태워 주고 집에 데려가 함께 잠
을 잤다는 것이다. 그러면서 그게 뭐 잘
못이냐는 투로 쳐다보더라는 것이다. 너무

나 기특하고 영특한 생각에 신부님은 아기 예수님의 자전거 탑승료로 천 원을 주었더니 녀석은 덥석 받아 들고 유유히 성당 앞마당을 빠져나가더라는 이야기다. 그러면서 신부님은 그 녀석의 뒤통수가 어찌나 사랑스러운지 아직도 눈앞에 아른거린다고 크리스마스 때면 두고두고 강론에 앞서 말씀하시곤 한다.

요 근래 세발자전거는 어린이에겐 필수품이 되었지만 이삼십 년 전만 해도 부러움의 대상이었다.

단거리 선수가 된 내 친구

길 없는 나라. 그래서 사람들은 도로가 나면 신작로(新作路)라고 불렀다. 새로 만든 길. 근대화와 함께 새로운 길이 태어났다. 그 길을 신나게 달리면 앞은 숲이요, 뒤는 산이었다. 우리나라는 산이 많아 어디를 달리든 오르막길이 있고 내리막길이 있다. 내리막길은 무서움의 벼랑이었다. 하지만 귀 밑으로 지나가는 풍경을 볼라치면 활동사진 그 이상이었다. 아름다웠다. 그래서 자전거를 갖는 것은 꿈이고 바람이었다. 자전거를 갖고 싶었던 시대, 그 꿈꾸던 시대를 나는 살아왔다.

사람들은 88올림픽 개회식 때 굴렁쇠의 추억으로 긴 감동을 받았다. 어린이가 굴렁쇠를 굴리며 올림픽 스타디움으로 들어설 때 수많은 관중은 환호하며 기립박수를 보냈다. 세계의 모든 이들에게 씩씩하게 굴렁쇠를 굴리는 모습을 보여 줄 때 우리는 마치 유년의 꿈이 이루어진 것처럼 모두 일어나 감탄했다.

내 친구는 십 리가 넘는 거리를 책보를 둘둘 말아 가슴에 질끈 맨 채 초등학교를 다녔던 산골 소년이었다. 그리고 항상 나의 앞에는 굴렁쇠를 굴리며 달리던 녀석이 있었다. 자전거 바퀴인 굴렁쇠를 굴리면서 달리는 그 녀석은 부러움의 대상이었다. 그 녀석은 달리기로 숙련돼 6학년 때인가 전국 체육대회에 단거리 선수로 출전했다. 굴렁쇠가 단거리 선수를 키운 것이다.

따르릉 따르릉 비켜나세요
자전거가 나갑니다 따르르르릉
저기 가는 저 노인 꼬부랑 노인
우물쭈물하다가는 큰일 납니다

어릴 적 목청껏 불렀던 〈자전거〉 노래다.

타고 앉아 두 다리 힘으로 바퀴를 돌려서 가게 된 수레라는 자전거는 시건방져 보였다. 거기다 좁은 길에서 따르릉대는 그것을 대할라치면 양반걸음을 걷는 할아버지에게는 망신스런 도구였다. 그래서 어느 유명한 평론가는 이 노래를 불효의 상징이라고 하기도 했다.

생각해 보라. 어린 녀석이 턱 버티고 앉아 쏜살같이 달려오면서 할아버지에게 우물쭈물하다가는 큰일 난다고 호통 친다면 그게 동방예의지국에 있을 법한 이야기인가! 노인 공경 사회인 그때 그 시절에는 자전거에서 냅다 내려와 "할아버지, 안녕하세요?"하고 넙죽 엎드려 절하고 천천히 자전거를 몰아 비켜 지나가야 하는 것이 우리 도덕률이거늘 우물쭈물을 들이대며 호통이라니! 천부당만부당한 일이었다. 그래서 자전거 노래는 경로사상에 역행하는 가장 고약한 노래로 통했다.

이제 시대는 길의 문화 시대가 되었다. 시골 어디를 가든 아스팔트 도로가 쭉 뻗어 있다. 길은 문명의 상징이며 인간과 인간이 교통하는 통로가 되었다. 로마는 길에서 부흥을 얻었으며 세계의 길은 로마로 통한다고 말하지 않는가?

그러나 이제 다시 생각해 보자. 우리는 너무 자동차 위주의 세계속에 살고 있다. 누구나 되뇌는 석유 한 방울 나지 않는 나라에서 왜 자동차에 몸 둘 바를 모르는지 한 번쯤 생각해 보아야 한다. 자동차 도로의 홍수 속에 자전거는 너무 홀대받고 있다.

자전거 우선 정책을 펴는 선진국을 보면 부러움이 절로 생긴다. 네덜란드는 오일쇼크를 겪은 후 자전거 전용 도로를 확장해서 자전거를 국민의 교통수단으로 만들었고, 독일은 130개 시범 도시를 선정해서 집중적으로 자전거 교통 정책을 시행하고 있다. 호텔에는 관광객을 위해 자전거 지도가 비치돼 있고, 자전거를 임대하는 렌탈 시스템도 마련돼 있다고 하지 않는가! 자동차의 나라 미국 또한 자전거 통근에 힘을 쏟고 있다. 워싱턴의 경우 지구의 날을 만들어 자전거 타기 시민 운동을 생활화하고 있다. 매연과 소음으로 찌든 도시환경을 자전거를 통해 바꾸려는 노력은 이제 세계적 추세가 되고 있다.

추어 숲이 자전거 여행

출판사를 경영하고 있는 내 선배는 자전거광이다.

젊은 시절 폐를 앓은 그는 자전거를 통해 건강을 되찾았다며 자전거 예찬론을 펼치곤 했다. 자전거를 타면 유산소운동으로 심폐 기능을 발달시키고 폐 기능이 좋아진다면서 내게 자전거 운동을 권하곤 했다. 그러던 그가 어느 날 일을 저지르고 말았다. 새 자전 거를 하나 사 들고 화곡동의 내 집으로 쳐들어온 것이다. 그러고는 무턱대고 자기를 따르라는 것이었다.

엉거주춤할 사이도 없이 운동화만 겨우 바꿔 신고 자전거 여행 에 동참할 수밖에 없었다. 선배는 공항을 거쳐 행주대교 쪽을 향해 질주했고 나는 도리 없이 그를 뒤쫓을 수밖에 없었다. 페달을 밟으 며 어차피 나온 김에 신나게 달려 보자 맘먹으며 열심히 뒤따랐다. 한강의 강바람은 신선하고 달콤했다. 귓전에 들리는 새소리 또한 청아했다.

원당을 지나 벽제로 가는 길은 가파른 언덕과 내리막길의 연속 이었다. 이따금씩 자동차가 지나곤 했지만 내 눈에는 바람에 살랑 이는 코스모스 행렬이 더 신선해 보였다. 숲을 지나칠 때면 향긋한 솔 냄새가 코를 간질였다. 가을이었다. 도회에서 느끼지 못했던 가 을 풍경이 파노라마처럼 달리는 내 눈앞에 펼쳐졌다. 언덕배기에 지칠 때면 한참을 걷기도 했다. 숨이 차면 몇 번을 쉬기도 했다. 힘 은 들었지만 상쾌했다. 들녘에는 차랑차랑 나락 이삭이 물결치고 길섶에는 이름 모를 꽃이 지천으로 피어 흔들리고 있었다. 찌들은 도시의 찌꺼기 속에서 벗어나 아름다운 풍경 속에 나는 와 있는 것이다. 벽제의 개울가에서 땀방울을 씻으며 시린 가을의 물소리를 들었다. 물소리보다 더 청청한 솔바람 소리도 들었다.

점심을 먹고 난 후 꿈같은 시간들은 가고 오싹한 공포감이 나를 긴장시켰다. 돌아갈 것을 생각하니 아득하고 섬뜩했다. 수십 킬로미터의 그 길을 다시 자전거로 가야 한다고 생각하니 소름이 끼쳤다. 그러나 어찌하랴. 운명적이라는 것이 꼭 이를 두고 하는 말이다. 부슬부슬 가을비마저 오는 길을 되돌아올 때는 선배를 한없이 원망하기도 했다. 가도 가도 길은 길로 까마득하게 이어졌다. 빗물에 젖은 흙냄새를 맡으며 긴 행군은 계속되었다. 집에 돌아온 후 나는 며칠을 앓았고 자전거라면 설레설레 고개를 저었다. 자전거가 괴물처럼 느껴진 것이다.

그러나 요 근래 나는 자전거와 다시 친해졌다. 목동 부근으로 이사 온 후 안양천 자전거 도로가 내 유일한 휴식 공간이 된 것이다. 퀴퀴한 냄새로 가득했던 안양천은 이제 자연으로 되돌아왔다. 물오리가 노닐고 물새 떼가 수없이 날아든다. 하구에는 물고기가 첨벙댄다. 광명시부터 잠실까지 강을 휘돌아 자전거 도로를 낸 것은 아주 잘한 일이다.

강 냄새를 맡으며 쉬엄쉬엄 페달을 밟아 노니는 즐거움은 정말 꿀맛 같다. 여기저기 가꾸어 놓은 꽃들이 총궐기하는 모습으로 힘차게 피어올라 주위가 온통 꽃 천지가 되었다. 꽃을 바라보며 씽씽 달리는 그 기쁨이란 자연의 은총 그 자체다. 강가에 풀이란 풀, 나무란 나무 그 위에 쏟아지는 햇살, 싱싱한 바람조차 내 곁에 있어 나는 행복하다. 약간은 호사스럽고 울긋불긋 요란한 옷차림의 자전거 마니아들이 스쳐 지나갈 적마다 그것이 자동차가 아닌 자전거여서 친근해 보인다.

매연과 소음투성이의 자동차에 비해 자전거는 얼마나 영특한 도구인가. 도심에도 이 강변의 자전거 전용 도로처럼 전용 도로가 많이 만들어져 모든 이들이 자전거로 행렬을 이루었으면 한다. 자전거 타는 아름다운 풍경이 도심의 일상이 될 때 나도 휘파람 불어대며 함께 달리고 싶다.

은륜의 두 바퀴

자전거는 그리움이다

어린 날의 추억이다

평행의 몸짓으로 앞을 향해 전진할 때

바람은 싱그러운 설레임

강은 뒷걸음치고 산이 달려온다

거친 숨결은 생명의 씨앗이 되고

구슬땀은 영롱한 사리가 된다

쏜살같은 빛의 아이

아름다운 너 자전거여!!

김선옥_ 시인. 전남 무안에서 태어났고 KBS라디오제작센터장과 KBS아트비전 상임이사를
거쳐 라디오인천 방송본부장으로 재임중이다. 1987년 심상신인상을 통해 등단했고, 시집『오
후 네 시의 빗방울』,『모과나무에 손풍금 소리가 걸렸다』,『밥보다 더 큰 슬픔』,『붉은 추억 栗
나무』가 있다. 현재 심상시인회, 한국시인협회, 펜클럽 한국본부 회원이다.

길 위에서

세월은 가도 옛날은 남는 것

— 이 상 대

돌이켜 보면 누구에게나 살아왔던 흔적 가운데 유독 정이 가는 장면이 있을 터이다. 떠올리는 것만으로도 저녁 풍경처럼 마음 한 편이 아늑해지는, 설령 그것이 부끄럽고 쓸쓸한 기억과 함께 잇대어 있다 할지라도 한 번쯤 되짚어 복기하고 싶은 그런 시절 말이다.

내 경우엔 중학교 십여 리 통학길이 그렇다. 코밑이 거뭇해지고, 짝사랑에 가슴이 미어지고, 동전 몇 닢조차 지닐 수 없는 가난의 의미를 비로소 깨달아 가던 선명한 인상과 맞물려 있기 때문일 것이다.

마을 숲거리를 거쳐 개울을 낀 넓은 들판을 가로지르던 길—이십여 년이 훨씬 지났음에도 그 길 주변의 풍경과 냄새, 소리까지도 선연하다. 지금도 내게 사계절에 대한 각각의 이미지는 때마다 다르게 빚어지던 그 길가 풍경의 모습으로 새겨져 있다.

그 길은 자전거를 빼놓고 말할 수 없다.

나는 중학 3년 가운데 2년을 자전거를 타고 통학했다. 비록 고물이긴 했으되, 한껏 길을 들여 두 손을 놓고도 자유자재로 몰고 다녔던 자전거는 거의 수족이나 다름없었다. 게다가 변변한 그림물감조차 갖지 못했던 가난한 시절에 처음으로 소유한 내 '재산'이었으니, 애지중지한 것으로 치자면 지금의 승용차에 못지않았다.

바상구표 자전거

타고 다닌 자전거 내력이 남달랐다.

중2가 된 지 얼마 지나지 않은 날이었다. 숙직을 마치고 일찍 퇴근하신 큰형님(당시 면 소재지 우체국에 근무하셨다.)께서 낯선 자전거를 한 대 끌고 오셨다.

"타고 다녀라. 네 거다."

핸들이나 바퀴살로 보아 누가 타던 것임에 틀림없었다. 그러나 이것저것 가릴 처지가 아니었다. 1학년 내내 걸어서 통학을 했던 나는 자전거가 소원이었다. 교복에 소금기가 배어나던 여름은 여름대로, 들판을 가로지르는 칼바람에 가방을 쥔 손이 쩡쩡 얼어 터지던 겨울은 겨울대로 키 150cm도 채 안 되는 땅꼬마가 감당하기에 십 리 통학 길은 참으로 험난한 것이었다. 자전거를 건네받으며 나는 거의 눈물이 나올 지경이었다.

그런 내게 형님이 한마디 덧붙이셨다.

"칠 벗겨지지 않게 잘 타고 다녀라"

알고 보니 자전거의 근본이 우체부 자전거였다. 우체부가 타다가 폐기처분한 자전거를 수리점에 넘겨 손을 보고 페인트를 칠해서 가져오신 것이다. 새 것을 살 형편이 못 되는 터에 가방을 끌고 다니다시피 하는 막냇동생이 오죽이나 안쓰러웠겠는가.

까맣게 빛나던 자전거는 두어 달이 지나자 서서히 본색을 드러내기 시작했다. 긁히고 상처 난 곳마다 붉은색이 내비치더니 한 학기도 못 가 우체부 자전거 특유의 빨간 속살이 고스란히 드러났다. 그러자 친구들의 놀림이 따라붙었다.

"어이, 우체부! 배달 가냐!"

그러나 나는 크게 개의치 않았다.

당시 면 소재지 우체국에서 우리 동네를 포함하여 개울 건너 이십여 마을에 우편물을 배달하던 우체부는 박상구라는 사람이었다.

체구도 작고 용모도 볼품없었으나 워낙 부지런하고 사람이 좋아 누구에게나 인기가 좋았다. 십여 년이 넘게 마을 구석구석을 돌았으니 각 동네 사정을 손금 보듯 했고, 그런 만큼 서로 식구 대하듯 허물이 없었다. 우편물 배달뿐만 아니라 대처로 나간 자식들에게 부치는 소포나 편지 대필 같은 덤으로 붙는 일도 거뜬거뜬 해내었다.

가끔 초상집이나 잔칫집에서 술을 얻어먹고 대취하여 논두렁에 처박히는 경우도 없지 않았으나, 대부분 궂은일을 치르는 곳에는 그가 있었다. 고삐 풀린 소를 잡는 어른들 틈에 끼어 같이 뛰고 있다거나(자전거와 우편낭을 집어던진 채로), 홍수로 길이 끊어진 부역 판에서 같이 삽을 들고 일을 하는 식이었다. 동네 아저씨 한 분이 낫을 잘못 밟아 발가락이 덜렁거릴 때도 그의 자전거 신세를 졌다.

아무도 없는 집에서 대신해서 비설거지를 하는 모습도 종종 보았거니와, 군내 산 외아들 전사통지를 대신 읽어 주다가 그 어머니와 같이 울더라는 이야기를 전해 들은 뒤로는 그가 단번에 좋아졌다. 큰형님과 함께 근무를 했으므로 나를 볼 때마다 아는 척을 했는데,

그것도 참 고마웠다. 그는 이미 우리 꼬마들에게도 친근한 '위인'이었다.

⊙ ⊙ ⊙

초등학교 형들에게 전해 들은 바로는 이런 일도 있었다.

수업을 하고 있는데 갑자기 교문 앞쪽에서 시커먼 연기가 치솟았다. 6학년 형들이 선생님과 함께 양동이와 바가지를 들고 교문 밖으로 뛰쳐나갔다. 도착해 보니 길 한복판에서 마차에 실은 볏가리가 불타고 있었다. 그곳에 박상구 아저씨가 있었다. 혼자서 깨진 바가지로 불길을 잡느라 웃옷도 벗어 던진 채였다.

그의 설명인즉슨, 추수한 볏가리를 싣고 오던 동네 어른 한 분이 약주가 과하여 짐을 무리하게 실었던 모양으로, 마차를 끌던 소가 학교 앞 오르막길에서 꿈쩍도 못하자, 취기에 그만 소꼬랑지에 불을 붙였다는 것이다. 얼마나 뜨거웠겠는가. 날뛰던 소는 고삐를 끊고 도망치고 그 와중에 마차와 볏가리로 불이 옮겨 붙은 것이다. 주인은 소 잡는다고 없어지고, 지나가던 그가 만사 제쳐 두고 소방에 나선 것이다.

불길이 잡히자, 깨진 바가지를 든 채로 그가 형들을 향해 벌쭉

웃더란다.

"애들아, 여기 재 속에 쌀 튀밥이 지천이다. 먹고 들어가거라."

큰형님이 수리해서 가져온 자전거가 바로 그 박상구 아저씨가
타던 자전거였다.

그랬으므로 아이들이 우체부라며 놀려도 나는 별달리 섭섭하지
않았다. 오히려 속으로 그랬다.

'짜식들아, 너희들이 이 자전거를 알아?'

나는 마늘쪽 같은 엉덩이를 한껏 좌우로 놀려(그래야 간신히
다리가 닿았다.) 페달을 밟으며 온 동네와 들판을 휩쓸고
다녔다. 닭 사료나, 비료를 몇 포대씩 사 오는 심부름
도 가뿐하게 해냈다. 자빠지고 구른 적도 많았으나, 언
제나 깨진 머리통보다 자전거를 먼저 챙겼다. 자기 전
에는 반드시 깨끗이 닦아서 처마 밑에 들여놓았다.

요즘 아파트를 들여다보면 각 층계마다 번쩍번쩍한 자전
거가 즐비하다. 요란한 기어를 장착한 자전거도 있고, 돈 냄새가
나는 미끈한 자전거도 있다. 그러나 그 어떤 것도 내가 타던 그 '박
상구표 자전거'의 감동에는 턱없이 못 미친다.

하루는 하굣길에 자전거 체인이 벗겨져서(이 자전거가 다 좋은데 툭하

면 체인이 잘 벗겨졌다.) 기름범벅이 된 채 고치고 있는데, 마침 일을 마치고 돌아가던 그가 내 곁에 자전거를 세웠다.

"체인 벗어지는 것은 예나 지금이나 고질병일세그려."

그는 나를 뒤로 물리고는 자전거 체인을 바로 한 뒤, 돌멩이로 뒷바퀴 기어 축을 서너 번 뒤쪽으로 비껴 쳤다.

"이렇게 하면 덜 벗어질 거다. 이놈이 늙어서 그렇다."

그러면서 자전거 안장을 툭툭 두들겼다.

"몇 년 동안 물 건너 동네 삼십 리를 돌았으니…… 이거 아주 고생도 많이 하고 복도 많이 쌓은 자전거다. 이제 네 차지가 되었으니 그 복도 따라갈 거다."

진짜 나는 무슨 큰 복을 받은 것 같은 기분이 들었다. 그뿐인가. 과연 아저씨의 처방대로 돌멩이질 몇 번이면 자전거 체인은 도로 멀쩡해졌다. 그 뒤로 자전거는 내 몸에 완전히 익어 두 손을 다 놓고도 마음대로 요리할 수 있었다.

7번 선수, 김영서

어쨌거나 자전거가 생기면서 내 생활의 품격도 달라졌다.

자전거 부대가 그랬듯, 나도 한껏 유세를 부리면서 마음에 드는 아이들의 가방만 골라 뒤에 실어 주었으며, 늘 부러움으로 지나치던 자전거포도 정식으로 출입하게 되었다.

학교를 이백 미터쯤 앞둔 삼거리에 자전거포가 있었는데, 우리는 모두 이곳에 자전거를 맡기고 학교로 들어갔다. 말하자면 자전거포는 우리들의 자전거를 보관해 주는 대가로 고장 수리를 전담하는 식이었다.

자전거포 출입이 뭔 대수겠는가 하겠지만, 그곳에는 신기하고 놀라운 부품들이 참 많았다. 나는 집에서 볼 수 없는 스패너나 ㄹ자 조임쇠, 베어링 같은 낯선 기계 부품들에 관심이 많았다. 그래서 하굣길엔 쭈그리고 앉아 자전거를 수리하는 용복이 아저씨의 솜씨를 구경하곤 했다. 가끔은 굴러다니는 베어링 구슬을 슬쩍해 오거나 바퀴살, 볼트, 너트 같은 것을 주워 왔다. 바퀴살은 얇게 두드려 칼이나 송곳을 만들었고, 베어링 구슬은 나무로 깎은 팽이 꼭지에 끼웠다. 베어링 구슬을 박은 팽이는 무게중심도 잘 잡히거니와 노는 속도도 내단해서 일읍편에서 팽이 씨움을 하면 천하무적이었다. 팽이에 관한 한 나는 친척 동생들에게 '인기짱'이었다.

그 무렵이었다. 덜컥 한 여자 아이에 빠지게 된 것은. 아직껏 그

아이의 눈매가 기억에 선명하다. (이름 또한 어찌 잊었겠는가마는 김영서라

는 가명으로 대신하자.)

어느 날 자전거를 타고 학교를 막 벗어나려는데, 여기, 하며 누

가 뒤에서 불렀다. 돌아보니 같은 학년의 한 여자 아이가 종이 뭉

치를 들고 서 있었다.

"이게 떨어졌다."

자전거 핸들에 건 가방에서 숙제 뭉치가 빠진 것이다.

그 아이에게 종이를 건네받으면서 눈이 마주쳤는데,

나는 그만 가슴이 철렁하였다. 세상에, 저렇게 예쁜

눈이 있다니. 정말 크고 맑은 눈이었다. 나는 얼굴이

붉어져서 고맙다는 말도 못 하고 후다닥 자전거를 돌려 내

빼다시피 교문을 벗어났다.

그 얼마 뒤 학교에 핸드볼부가 창단되었는데, 체구가 작은 나는

별로 운동에 관심이 없었다. 그런데 나중에 보니 김영서 그녀가 선

수로 뛰고 있는 게 아닌가. 등번호 7번에 왼쪽 공격수. 나는 그날로

핸드볼부 팬이 되었다.

학교가 끝난 뒤 그녀가 연습하는 것을 구경하는 것은 더할 나위

없는 즐거움이었다. 가끔은 본의 아니게 땀을 뻘뻘 흘리며 볼보이

노릇도 해야 했지만, 오히려 즐겁고 신이 났다.

김영서는 얼굴뿐 아니라 기량도 빼어났다. 왼쪽 모서리에서 훌쩍 솟구쳐 슛을 날릴 때는 마치 새처럼 날렵했다. 그때 핸드볼 코치 선생님은 성격이 불같아서 툭하면 선수들에게 귀쌈을 올려붙이곤 했다. 그녀도 종종 얻어맞았는데, 그때마다 내가 맞는 것처럼 가슴이 오싹오싹하였다.

그러던 어느 날 우리 학교에서 시내의 충주북여중과 시합이 벌어졌다. 전국소년체전 지역 예선전을 겸한 시합이었는데, 당시 북여중은 전국 최강이었다. 우리는 이제 막 생긴 신생팀이니 예선전은 그저 형식적인 절차일 뿐이었다.

그런데 막상 시합이 벌어지자 엎치락뒤치락 박빙의 승부가 전개되었다. 우리 학교 선수들은 자빠지고 구르면서 정말 놀라운 투혼을 발휘했다. 시합장을 둘러싸고 응원을 하던 우리도 목이 쉬었다. 그러나 결과는 두 점 차의 패배였다.

시합이 끝나자 선수들은 서로 부둥켜안고 울었다. 맨 앞자리에 앉았던 나도 교모로 얼굴을 가리고 눈물을 텀벙텀벙 떨구었다. 진 것도 진 것이지만 김영서가 울어서 더 슬펐다. 무릎보호대가 떨어져 나간 그녀의 무릎에서는 피가 흘렀다.

당시 나는 우연히 읽게 된 황순원의 '소나기'(그때는 3학년 국어 교과
서에 실려 있었다.)에 크게 감동해서 한 달에 한두 편씩 그와 비슷한 단
편소설을 써 댔는데, 당연히 여자 주인공은 김영서였다. 그때는 어
머니에게 끌려 나가 고추 밭의 풀 뽑는 일도 지겨운 줄을 몰랐다.
일하는 내내 머릿속에서는 김영서와 벌이는 무궁무진한 사건들이
펼쳐졌다. 일손이 느리다고 어머니께 푸지게 욕을 먹어도 좋았다.

내 꿈이라면 김영서를 자전거 뒤에다 태워 보는 것, 아니 그게
좀 과하다면, 가방이라도 실어다 주는 거였다. 연습을 마치고 절룩
이며 돌아가는 그녀의 모습은 늘 나를 가슴 아프게 했다.

그녀의 집 방향은 우리 동네와 달랐다. 그래도 시내버스가 서는
자전거포까지는 방향이 같았으므로 거기까지만이라도 가방을 실
어다 주고 싶었다.

나는 하굣길에는 절대 다른 아이들의 책가방 부탁을 들어주지
않았다. 학교로 자전거를 끌고 와서 뒤 짐칸을 비워 두고 핸드볼
연습을 구경했다. 그러나 연습이 끝나면 대부분 한꺼번에 몰려 나
갔기 때문에 나는 기회를 잡을 수가 없었다. 남 앞에서 고개도 못
드는 촌놈이 무슨 수로 그들을 헤치고 가방을 달라고 한단 말인가.

 나는 마음만 간절할 뿐 늘 빈 자전거로 터덜터덜 돌아와야 했다.

그런 어느 날이었다. 그날은 선생님 심부름을 하느라 연습도 보지 못하고 해거름에 학교를 나섰다. 부리나케 속력을 내는데 저만치 앞에 한 여자 아이가 가고 있었다. 뒷모습만으로 금세 누군지 알아볼 수 있었다. 김영서. 가슴이 둥당거리며 뛰었다. 절호의 기회가 아닌가.

'야, 가방 이리 줘, 실어 줄게.'

할 말을 입 속으로 되뇌면서 천천히 뒤로 접근했는데, 갑자기 그녀가 뒤를 돌아다보았다. '소나기'에 보면 처음으로 소녀가 소년에게 말을 거는 이런 대목이 나온다.

"얘, 이게 무슨 조개지?"

자기도 모르게 돌아섰다. 소녀의 맑고 검은 눈과 마주쳤다.

얼른 소녀의 손바닥으로 눈을 떨구었다.

"비단조개."

맑고 검은 눈. 난 이 말의 위력을 그때 알았다. 정말 김영서의 '맑고 검은 눈'과 마주치는 순간, 아무것도 생각나지 않았다. 야, 가방…… 나는 연습했던 말을 다 까먹고 그냥 냅다 앞으로 치달았다. 개울 다리에 이르러서야 숨을 몰아쉬며 자전거를 세웠는데, 진실로 지금 다리 밑에 모여 있을 동네 선배들에게 담배라도 한 모금 얻어 피고 싶은 심정이었다.

결국 나는 자전거는커녕 그녀에게 말도 한 번 붙여 보지 못한 채 졸업을 하고 말았다. 이마에 돋은 여드름 몇 개, 십여 편의 유치찬란한 김영서 주연의 소설 나부랭이만 남긴 채.

이후 시내 고등학교로 진학한 뒤에는 버스로 통학을 했으므로 자연히 자전거와는 멀어졌다.

고3 때 시내 형님 댁으로 옮겨 자전거를 타고 다니긴 했으나 그 때는 이미 자전거 따위는 눈에 들어오지도 않았다. 종종 학교를 '땡땡이 치고' 냅다 교문 앞을 지나쳐 전속력으로 수안보, 문경새 재까지 줄행랑을 쳐서 도시락을 까먹던 때에 아주 요긴하게 쓰긴 했으되, 그때는 세상을 향한 불만으로 가슴이 뜨겁던 때여서 박상 구고, 김영서고 다 시들했다. 세월이 한참 흐른 뒤에야 그들은 그 어떤 의미로 서서히 내 기억 속에 되살아났다.

❀ ❀ ❀

나는 지금도 충주에 가면, 돌아올 때는 일부러 고속도로를 버리고 그 길을 거쳐서 서울로 돌아온다. 승용차로 달리면 오 분 남짓도 안 걸리는 짧은 거리건만 여전히 기억 속에선 길고 멀며, 계절마다 맛이 다르다.

몇 해 전 추석 때는 여유가 좀 생겨서, 자전거를 빌려 고향 마을에서 학교까지 그 옛길을 천천히 달려 보았다. 매끈하게 포장만 되었을 뿐, 주변 풍광이나 거쳐 가는 마을들은 변한 게 없었다. 학교로 가는 길에 만발한 코스모스도 여전했다. 그때 우리가 심은 코스모스가 씨앗을 대물림하면서 여태껏 피는 것일까. 자전거포 자리를 삼거리 슈퍼가 대신하고 있는, 그렇게 가방을 실어 주고 싶어서 안달하던 그 길을 지나면서 나는 잠시 경건하였다.

그 들판의 색감도 여전하고, 투명한 가을 햇살도 그때 그대로 따스하건만 사람들만 세월을 훌쩍 뛰어넘었다. 칠 벗겨진 자전거를 타고 다니던 땅꼬마가 그때 내 나이의 아이들을 가르치는 선생이 되었고, 내게 사선서를 물려준 빅싱구 아저씨는 세상을 떴다. 김영서 그녀라고 다르겠는가. 어디서 무엇이 되어 세월을 다스리고 있을 것이다.

나는 지금 그때 꿈꾸었던 만큼 잘, 제대로 살고 있는 것일까.

발밑에 차르르 감기는 자전거 체인 소리를 들으면서 나는 그만 가슴이 아릿해졌다. 사랑은 가도 옛날은 남는 것. 박인환의 시 구절이 온종일 뒤꼭지를 따라다녔다.

이상대_ 교사. 충북 충주에서 태어났으며 신월중학교에서 국어를 가르치고 있다. 글쓰기 지도에 관심을 기울이며 짓고 만든 책으로 『나야, 제비야』, 『곤충전설』, 『빛깔이 있는 학급운영』, 『로그인하시겠습니까』 등이 있다.

없어도 즐거운 나들이

— 최 종 규

자동차와 자전거와 책

나이 서른을 훌쩍 넘긴 저한테는 없는 것이 여럿 있습니다. 먼저 집이 없습니다. 서울에서는 세를 얻어 살았으나 이혼을 하면서 재산도 모두 놓고 나왔습니다. 요즘은 시골에서 빈집 하나 얻어서 그럭저럭 지내고 있습니다. 다음으로 벌이가 없습니다. 제가 좋아서 하는 일은 있지만 '돈 버는 일'은 아니라서 '직업'이 없어요. 실업자지요. 고등학교까지는 어떻게 마쳤으니, 가까스로 들어간 대학교는 얄궂게도 제 마음을 넉넉하게 채워 주는 가르침이 없다고 느껴서 얼마 안 다니고 그만두어, 흔히 말하는 가방끈(학력)이 짧습니다. 그래서 학벌이 없습니다. 무리지어 다니거나 패거리 만들기를 꺼리고, 어떤 모임이든 회원으로 들어가기를 달가이 여기지 않아서 사람 줄(인맥)이란 것도 없습니다.

이렇게 살아가니 돈이 없고 이름도 없고 힘도 없이 살아가는 셈인데요, 여기에 한 가지 더 운전면허가 없습니다. 차 살 돈도 없지만, 차 살 돈만큼이나 많이 들어갈 '차 굴릴' 돈, 기름 값이며 보험 값이며 이것저것 차에 들어갈 돈을 댈 수가 없습니다.

제가 믿는 것은 오로지 두 다리와 대중교통. 하지만 대중교통 삯도 나날이 짐스러워지는 터라 자전거를 새로 장만했습니다. 저는 고속버스 짐칸에도 싣고 전철에도 접어서 갖고 다닐 수 있는 자전거를 만만치 않은 값(54만 원)에 샀습니다. 돈도 없는 놈이 뭔 자전거를 그리 비싼 것으로 사느냐 말하는 분도 있습니다. 값싼 자전거도 얼마든지 탈 만하다고 말합니다. 그런데 정작 타 보니, 안전성과 무게와 활동성과 높은 언덕을 타고 넘는 힘과 주행능력 여러 가지에서 그만한 자전거를 타는 편이 훨씬 효율이 있더군요. 이 자전거를 타고 다닌 지 반 해도 안 되어 자전거 값을 뽑았으니까요.

찻삯이 굳으면서 나아진 일이 있습니다. 그만큼 책값을 더 많이 쓸 수 있습니다. 한 달에 십만 원쯤 나갈 대중교통 삯을 이삼천 원

밑으로 떨어뜨리니(비가 쏟아지는 날만 더러 대중교통을 타니까요.) 값이 좀 짐스러워서 눈 구경만 하던 책도 거리낌 없이 살 수 있고, 헌책방 나들이를 할 때에도 주머니 걱정으로 입맛만 다시다가 다른 손한테 빼앗기던 책도 즐겁게 살 수 있습니다.

자전거를 타고 다니면 몸은 나날이 튼튼해지기 마련이라, 저녁에 일찍 자고 새벽에 일찍 일어날 수 있습니다. 머리가 맑게 깨고 마음은 시원하게 트이는 새벽에 더욱 즐겁게 책과 함께 할 수 있고, 아침밥도 넉넉히 챙겨 해 먹을 수 있으니 곱절로 좋습니다.

이 밖에도 우리 모두한테 도움 되는 일이 있습니다. 두 다리로 걷거나 대중교통을 쓰거나 자전거를 타면 기름 씀씀이를 줄일 수 있어요. 그러면 첫째로, 우리 삶터 공기를 '덜 더럽힙니다.' 둘째로, 기름을 적게 쓰게 되어 기름 한 방울 나지 않는 이 나라 살림과 석유 문제를 조금이나마 낫게 할 수 있습니다. 셋째, 이렇게 기름에 기대는 씀씀이를 줄이면 석유 문제로 다툼이 일거나 기름 값이 부쩍 올라도 우리 사회는 좀 더 차분할 수 있으며, 미국 눈치와 석유 걱정 때문에 이라크에 군대를 보내는 짓도 안 할 수 있습니다.

자전거를 타서 몸이 좋아지면 마음도 좋아지고, 마음이 좋아지면 우리가 하는 일도 좋게좋게 즐기거나 잘할 수 있습니다. 이렇게

우리가 하는 일을 즐기거나 잘할 수 있으면 어찌 될까요? 우리 모두 아름답게 어울리고 어깨동무하는 세상을 가꿀 수 있습니다. 자동차를 굴리지 않는 것 하나만으로, 아니 어쩔 수 없이 자동차를 굴리더라도 되도록 적게 탄다면, 우리 자신을 살찌우는 책읽기를 좀 더 홀가분하고 멋지게 즐길 수 있는 한편, 우리 살림살이도 더욱 살필 수 있고, 우리 세상도 더 아름다운 쪽으로 이끌 수 있는 셈입니다.

❀ ❀ ❀

책읽기도 그렇지요? 우리가 읽은 책 한 권이 어디에 쓸모가 있겠느냐 생각할 수 있어요. 문득 생각하기로는, 좋은 책 몇 권 읽는다고 자기 자신이 더 나아지거나 세상이 달라지는 것 같지 않습니다. 뭐 크게 바뀔 것도 없고, 바뀔 일도 없을 테니까요. 하지만 나 하나부터 조금씩 생각을 트고 마음을 열어 우리 자신이 씨앗이 되고 꽃이 되고 열매가 되어, 먼저 이웃 사람을 사랑과 믿음으로 마주한다고 생각해 보셔요. 그래서 그 이웃이 우리한테 받은 사랑과 믿음을 다른 이웃, 남들한테도 고이 나누고 펼친다고 생각해 보셔요.

세상 모든 깨우침은 가장 작은 일이나 놀이, 그러니까 경험에서 비롯한다고 느낍니다. 땅을 갈고 씨를 뿌리고 김을 매며 가을걷이로 거두어들인 곡식 한 알이 우리한테 맛난 밥 한 그릇을 선사하듯, 오래오래 두고두고 차근차근 다독이고 곰삭인 책 한 권과 두 다리를 힘껏 놀리며 땀 흘려 타는 자전거는 우리 자신과 이웃 모두, 사람 문명과 온갖 목숨붙이가 함께 살아가는 자연 생태계를 참된 쪽으로 나아가게 한다고 믿어요.

그래, 저는 앞으로도 자동차는 굴릴 생각이 없습니다. 여태까지 책을 사서 보느라 들인 돈을 따지면 에쿠우스나 오피러스 같은 큼직하고 비싼 차 한 대를 살 만한 돈이 되었지 싶은데요, 이렇게 겉으로 보기에 '뭣 좀 있어 보이게' 하는 물건으로 자기 겉을 매만지는 일도 나쁘지는 않겠지만, '뭣 좀 없어 보여'도 참마음을 올바르고 깨끗하게 간직할 수 있는 일, 자전거를 타고 책을 즐기는 제 길을 갈 생각입니다.

구멍 때우기

자전거 구멍을 때웁니다. 대야에 물을 가득 담은 뒤 튜브를 조금씩 담가서 거품이 생기는가를 살핍니다. 두 군데 보입니다. 아주

자그마한 점 같은 구멍. 거품이 뽈뽈뽈 올라옵니다. 이 튜브는 보름 사이에 벌써 네 번째 구멍. 어디 납작못을 밟거나 유리조각을 밟은 일도 없는데 네 번째 구멍이라니. 대야에 물을 담아 튜브를 살피노라니 어쩌면 앞으로 다섯 번째, 여섯 번째 구멍도 생길지 모르겠다는 느낌이 듭니다.

어제 낮, 충주에서 서울로 오는 길, 한강 반포매점에서 잠깐 다리쉼을 합니다. 자전거 모임에 나가고 여러 자전거 즐김이와 어울리면서 반포매점을 알게 되었고, 이곳은 용산이든 신촌이든 탄천으로 나가는 길목이든, 사이에 한 번 쉬기에 가장 좋은 곳이라서 다리쉼을 할 때면 늘 이곳에서 쉽니다. 어제 막 반포매점에 닿아 가방을 내리고 머리띠도 풀며 숨을 돌릴 즈음, 건너편에서 아저씨 한 분이 자전서 뒷바퀴에 바람을 넣습니다. 그런데 어딘가 이상합니다. 느낌이랄까, 그분 자전거에 구멍이 났지 싶은데.

땀으로 얼룩진 손과 얼굴을 씻은 뒤 아저씨 자전거를 슬쩍 봅니다. 제 자전거 세워 둔 곳에 와서 잠깐 숨을 돌린 뒤 다시 아저씨 쪽으로 가서 살짝 여쭙니다.

"자전거에 구멍 났나요?"

"그런가 봐요."

아저씨는 건성으로 대꾸합니다. 아마 도와주지도 않을 생각이면서 구경꾼으로 묻는가 보다 하고 생각하셨겠지요.

그러려니 하면서 제 자전거에 늘 매달고 다니는 연장통을 꺼냅니다. 바람넣개도 가방에서 빼냅니다.

"구멍 때우는 것 없으시지요?"

"네."

"아무래도 구멍 난 것 같아요. 바람을 아무리 넣어도 마찬가지죠."

뒷바퀴에서 튜브를 들어내고 바람넣개로 신나게 바람을 넣어 보니, 생각대로 한쪽에 구멍, 아니 찢어진 데가 있습니다. 3mm쯤? 이만하면 구멍이 아니라 찢어진 건데, 때울 수 있나 모르겠군요. 그래도 사포로 문지른 뒤 때우개를 씌웁니다. 어차피 한번 때우는 김이기 때문에 오 분쯤 꾹 눌러서 아주 착 달라붙도록 한 뒤 바람을 넣어서 제대로 때워졌는가를 살핍니다.

구멍을 때우면서 자전거를 가만히 살피니 체인이나 기어 쪽에 기름때가 잔뜩 묻어 있습니다. 어쩌면 이 자전거를 타신 뒤로 한 번도 안 닦으셨을 듯.

"휴지 있으신가요?"

"휴지요? 없는데, 제 장갑으로 쓰시죠?"

"아, 없으셔도 돼요. 제 수건으로 쓰면 되니까요."

얼마 앞서부터 챙기고 있는 자전거 닦는 수건과 녹 닦는 기름으로 체인과 기어에 들러붙어 있는 기름때를 털어 냅니다.

그럭저럭 구멍을 때우고 자전거를 손질하니 기어도 처음보다 잘 먹는 듯. 찢어진 자리도 다시 터지지 않고 잘 마무리되었습니다. 하지만 모를 일이기 때문에, "나중에 다시 바람이 빠지는 느낌이 들면, 때우개로도 어쩔 수 없는 노릇이니, 그때는 튜브를 통째로 갈아 주셔요." 하고 말씀드립니다.

방학동(또는 방화동? 잘 못 들었습니다.)에 사신다는 아저씨는 튜브가 다 망가지더라도 그냥 끌고 갈 생각이었다면서, 저를 보고 '구세주를 만났다'며, 치레라도 해야 한다며 돈 만 원을 꺼내서 내미십니다.

"아뇨, 저는 돈을 바라고 한 일이 아닌데요. 다니다가 고장 난 분 보이면 이렇게 도와드릴 뿐이에요. 한강 길에는 자전거 가게도 없고 정비할 데도 없잖아요. 저는 늘 국도로 다니는데, 국도 같은 데에 자전거 가게가 있을 턱이 없으니, 언제나 모든 걸 갖고 다니면서 스스로 정비해요."

아저씨는 그래도 돈을 받아야 한다고 말씀하십니다. 그래서,

"그러면 얼음과자 하나 사 주셔요."

"얼음과자 가지고 안 되는데."

"그러면 맥주나 하나 사 주시면 되죠, 뭐."

참말로 제가 그 아저씨한테 구세주 같은 사람이었을까요? 대단한 일도 아니요, 돈도 안 드는 구멍 때우기요, 시간만 조금, 아주 조금, 오 분이나 십 분만 들이면 다 때울 수 있는 일이라 지나칠 수 없었을 뿐인데. 어쩌면 제가 즐겨 찾아가는 동네 자전거 가게 아저씨가 제 자전거를 손보면서 십 분이고 이십 분이고, 때로는 한 시간이고 땀 흘리며 애쓰는 모습을 익히 보아 왔기에, 아저씨들 자전거에 구멍 났을 때 그냥 지나치지 못하는구나 싶기도 합니다.

오늘 제 자전거 짐수레 바퀴를 때우고 나니, 어느덧 구멍 때우개도 절반 넘게 썼지 싶습니다. 제 자전거에 들어간 때우개는 몇 안 되고, 거의 다른 사람 자전거에 들어갔습니다. 곧 새로 하나 장만해야겠군요.

도란도란 어울리며 자전거 타기

충주에서 서울로 나들이를 떠납니다. 책방 나들이도 떠나고 반

가운 사람을 만나는 나들이도 떠납니다. 공기 나쁘고 물 더러운 서울이지만, 서울에는 시골에는 없는 '헌책방'이 있기 때문입니다.

사람들 손때가 묻은 헌책, 누군가 먼저 알아보고 즐겨 읽은 뒤 기꺼이 내놓아 준 헌책, 세월이 흐르면 흐를수록 새삼스레 빛이 나는 헌책, 가난한 이도 짐스러움 없이 살 수 있는 헌책, 사도 그만 안 사도 그만인 헌책, 교보문고나 영풍문고처럼 큰 책방에도 없는 판 끊긴 책이 가득한 헌책방, 도서관에서 폐기처분해서 버리는 책도 넉넉히 받아 안아 우리한테 자료로 대어 주는 헌책방, 이런 책 문화를 즐기고 싶어 자전거를 타고 서울로 나들이를 떠납니다.

때때로 서울 아닌 곳으로도 자전거를 타고 떠납니다. 버스나 기차를 타고 가면 훨씬 빠를 테지만, 또 버스나 기차를 타면 좋아하는 책도 느긋하게 읽을 수 있지만, 책에는 담겨 있지 않은 삶과 느낌을 맛보고 싶어 자전거를 탑니다. 1월에는 1월대로, 7월에는 7월대로, 9월에는 9월대로, 11월에는 11월대로 자전거로 국도나 지방도로나 시골길을 달리는 맛이 사뭇 다릅니다. 추울 때는 언 손과 언 발을 녹이면서 씽씽대고, 너울 때는 바가지로 쓴는 땀을 훔치면서 끙끙거리며, 따뜻할 때에는 햇살과 바람을 마음껏 부대끼면서 즐깁니다. 달마다 철마다 피고 지는 풀과 꽃과 나무가 다르며, 살

갖으로 스쳐 오는 바람결과 바람 냄새가 다릅니다. 흙에서 나는 냄새, 하늘빛도 다르고요.

◎ ◎ ◎

지난 9월 16일, 이날은 셋째 주 토요일로, 달마다 한 차례씩 있는 '발바리(두 발과 두 바퀴로 다니는 떼거리)' 행사날입니다. 주최하는 이 하나 없이 자전거를 즐기는 사람들이 스스로 모여서 알아서 꾸려 가는 행사인데 벌써 여섯 해째나 이어오고 있습니다. 발바리 행사에 함께하고자 새벽부터 자전거를 달려서 낮 네 시까지 맞춰 광화문 발바리 공원(사람들 스스로 붙인 이름으로, 미 대사관 옆, 광화문 건너편에 있는 작은 공원입니다.)에 가는 일은 참 고달프고 힘듭니다. 발바리 공원에 닿을 때까지 얼마나 많은 땀을 흘리고 힘을 빼고 지치게 되는지요. 그러나 막 이곳에 닿아서 일찌감치 모인 사람들을 보고 떠날 채비를 하고 있는 자전거 떼를 보면 새 힘이 솟습니다. '야, 이제부터 두 시간 남짓, 이분들하고 서울 시내를 안전하고 즐겁고 신나게 달릴 수 있구나.' 하는 느낌이 팍팍 오거든요.

발바리 행사는 낮 네 시에 공원에서 기념사진 한 장을 찍은 뒤, 저마다 타고 온 자전거를 달려 안국역-동대문-종로-역사박물관-

마포-공덕-마포대교-여의도 한강공원을 찻길 하나를 차지하며 지나갑니다. 찻길로는 처음 달려 보는 분들은 그동안 무섭게만 느끼던 찻길에서 안전하게 타는 법을 차근차근 익히고, 서로 '자전거를 즐기는 한마음'으로 도움도 주면서(자전거 손질이나 기어 손보기, 안장 높이 맞추기) 함께합니다. 이리하여 발바리 행사는 처음에는 서울에서만 했으나, 수원과 공주와 부산과 대전으로도 퍼졌습니다. 앞으로는 전국 곳곳에서 지역 분들 나름대로 자전거면 넉넉하다는 뜻을 나누면서 공해 없고 에너지 안 쓰고 몸과 마음을 튼튼하게 가꾸어 주는 자전거 문화가 뿌리내릴 수 있도록 힘쓸 테지요.

충주에서 서울까지는 혼자 달리는 맛을, 서울에 닿아 발바리 행사를 함께할 때는 함께 달리는 맛을 느낍니다. 혼자서 찻길을 달릴 때 빵빵거리거나 마구마구 밀어붙이던 차들도, 떼를 지어 찻길 하나를 차지한 채 얌전하게 달리는 자전거를 보고는 경적을 함부로 울리지도 않고 마구잡이로 밀어붙이며 끼어들지도 않습니다. 자연스러운 '함께 달리기'가 이루어집니다.

올해 들이 부쩍 서울을 비롯해 전국 곳곳에서 자전거 길을 놓는다며 부산을 떨고 갖가지 정책이 나옵니다. 이런 소식을 가만히 든노라면, 죄다 큰돈을 들여서 새로 자전거 길을 깐다는 이야기들뿐입니다. 이런 소식이 한편으로는 반갑지만, 한편으로는 아쉽고 못마땅합니다. 우리가 발바리 행사를 하면서 자전거 문화와 교통정책을 새롭게 거듭나도록 하려고 힘쓰는 까닭은 '돈 들여 자전거 길 놓아 달라'가 아니거든요. '돈이 아닌 마음을 기울여서, 걷는 이-자전거-자동차가 즐겁게 어울릴 수 있는 문화'를 만들자는 데에 있습니다. 더욱이 서울과 지역 자치단체에서 새로 깐다는 자전거 길을 보면, 거의 모두 거님길(인도)을 반으로 갈라 보드랍고 빛깔 있는 돌을 까는 데에 치우쳐 있어요. 이렇게 되면 걷는 이와 자전거 타는 이가 서로 복닥거려 사고 날 위험이 훨씬 크고, 자전거 다니는 데에도 썩 좋을 수 없습니다. 거님길은 거님길대로 사람들이 안전하게 걷고, 자전거는 자전거대로 자전거 길을 따로 얻어서(찻길 하나를 자전거가 얻어서) 안전하게 다니며, 메말라 가는 석유 자원에만 기대며 갖가지 환경 공해를 일으키는 자동차를 줄이는 쪽으로 가야 참으로 좋을 텐데요.

◌ ◌ ◌

지난주에 무악재를 걸어서 한 번 넘고, 자전거를 타고 다시 넘은 적이 있어요. 걸어서 무악재를 넘는 동안 길가 풀숲에서 풀벌레 우는 소리를 들었습니다. 이 소리는, 자전거를 타는 동안에는 한 번도 못 들었어요. 아마 차들이 씽씽 지나치는 소리에 묻혔겠지요. 마찬가지로 버스를 탈 때에도 못 들었는데, 자가용을 타는 분들도 못 듣겠지요.

두 다리로 걷거나 두 다리로 자전거를 몰 때에는 옆에서 함께 걷거나 자전거를 타는 사람하고 도란도란 이야기를 나눌 수 있습니다. 함께 풀벌레 소리를 들을 수 있고 새소리도 들을 수 있습니다. 때때로 하늘을 올려다보며 하늘빛을 느낄 수 있으며, 저녁나절에는 노을과 땅거미도 느낄 수 있습니다.

최종규_ 우리말과 책과 헌책방 이야기를 틈틈이 써서 인터넷 방 '함께살기 http://hbooks. cyworld.com'에 올리고 있으며 지은 책으로는 『모든 책은 헌책이다』와 『헌책방에서 보낸 1년』 등이 있다.

자전거는 조금씩 낡아 간다

— 하 성 란

땡볕……. 맨 처음 자전거 페달에 발을 올려 보던 그 순간이 아직도 꿈에서 되풀이된다. 꿈에서조차 나는 그날처럼 불안불안하고 조마조마해 어쩔 줄 모른다. 이상한 건 자전거를 곧잘 타게 된 뒤로도 그 꿈을 꾼다는 것이다. 그러고 보니 자전거 꿈과 번갈아 자동차를 운전하는 꿈도 꾼다. 운전할 줄 몰랐을 때는 무작정 내달리는 자동차 안에서 뭘 어떻게 작동해야 하는지 몰라 쩔쩔매는 꿈을 꾸었는데 운전을 하고 난 뒤로는 브레이크가 고장 나 제동 장치가 말을 안 듣는다거나 자동차 전면 창이 거대한 새의 똥으로 뒤덮여, 시야 제로인 상태에서 앞을 보기 위해 애를 쓰는 꿈으로 구체화되었다. 그런데 자전거 꿈은 여전히 자전거 페달에 첫발을 대던 초등학교 3학년에서 더 나아가지 않는다. 자전거에 관한 한 꿈속에서 여전히 나는 초등학교 3학년이다.

땡볕이 내리쬐던 무더운 여름이었다. 수인성 전염병이 창궐해서 진작 학교 수도는 단수되었다. 목이 탔다. 금방 옷이 소금 땀에 전 걸 보면 아마 여름방학을 한두 주 정도 앞둔 어느 날이었을 것이다. 방과 후 학교 운동장에는 집으로 돌아가지 않은 조무래기들이 삼삼오오 모여 놀고 있었다. 우리는 학교 밖 자전거포에서 붉은 녹이 곳곳에 앉고 안장이 허리 높이쯤에 올라오는 두발 자전거를 빌려 왔다. 뒤에서 자전거를 잡아 줄 사람은 없었다. 친구들 또한 나처럼 자전거를 배우느라 여념이 없었다. 친구들은 두 페달에 채 발을 다 올려 보기도 전에 자전거와 함께 풀썩 뜨겁게 단 운동장에 나동그라졌다.

왜 느닷없이 자전거를 배우기로 마음먹은 것인지 누구의 제안으로 방과 후 운동장에 남았는지는 다 잊었다. 앞뒤 잘린 채 우리는 땡볕이 쏟아지는 그늘 한 점 없던 운동장에서 제 몸보다 커서 힘에 부치는 낡은 자전거를 끌고 당기면서 자전거를 배우려 애를 쓰고 있었다. 자전거가 쓰러질 때마다 햇빛을 받은 휠이 빛을 반사했다.

몇 번 넘어지면서 자전거 바퀴에 쏠리고 뜨거운 모래알들이 뺨에 달라붙었다. 나는 넘어지는 것이 겁났다. 머리를 쓴다고 쓴 것이 수돗가에 자전거를 기대 두고 수돗가 위로 올라간 뒤에 안장에 엉덩이를 걸치는 거였다. 가까스로 올라앉으며 한 발로 힘껏 수돗가를 떼밀었다. 수 초 동안 자전거는 균형을 잡았다. 자전거가 균형을 잃고 넘어지려는 순간 나는 재빨리 한 발을 땅에 대서 자전거와 함께 넘어지는 것을 막았다. 그러니 그 뒤로는 한 번도 넘어지지는 않았다.

햇빛이 누그러졌다. 여전히 나는 수돗가 주변을 떠나지 못했다. 또다시 안장 위로 올라가기 위해 수돗가 위에 섰을 때 나는 나의 친한 친구가 신나게 페달을 밟으며 운동장을 따라 원을 그리는 것을 보았다. 고작 몇 시간 동안에 그 애는 자전거를 탈 수 있게 된 것이다. 자전거를 되돌려 주려 자전거포에 갈 때 그 친구는 자전거를 직접 타고 갈 수 있었다.

나는 자전거를 끌고 터덜터덜 그 뒤를 따라 걸었다. 낙오자라도 된 듯 비참했고 친구에 대한 열등의식으로 가슴 한복판이 뜨겁게 아팠다. 그날 자전거는 내게 생채기 하나 남기지 않았다. 그런데 그 어떤 호된 기억이 자꾸 나를 그날로 끌고 가려는 것일까.

체육 시간이 심드렁해진 것은 그날부터였을지도 모른다. 100미터 전력 달리기의 출발선 앞에 서면 그날 신나게 자전거를 몰고 교문을 통과해 달려가던 친구의 뒷모습이 떠올랐다. 내 얼굴을 향해 날아오는 피구 공을 보고도 피하거나 잡지 못했다. 그렇게 초등학교를 졸업하고 중학생이 되었다.

○ ○ ○

어머니는 예순 살이 훨씬 넘은 어느 봄날, 처음으로 자전거 안장에 앉아 보았다. 어머니의 체중에 아이의 두발 자전거의 고무바퀴가 납작하게 눌리는 것이 보였다. 그 무렵 어머니의 체중은 처녀적 체중의 절반 이상이 덧붙여 있었다. 키 낮은 자전거 위에서 어머니는 땀을 뻘뻘 흘리며 균형 감각을 익혔다. 자전거가 넘어지려 할 때마다 어머니는 내가 그랬던 것처럼 땅을 발로 짚기부터 했다. 마른 땅에서 먼지가 일었다. 자전거를 잡고 한 시간 넘게 씨름을 했지만 좀처럼 나아질 기미는 보이지 않았다. 보다 못해 소리쳤다.

"엄마, 넘어지는 걸 무서워하면 안 돼!"

하지만 나이 든 어머니는 넘어지는 것만으로도 치명상을 입을 수 있다. 가장 무서운 건 바로 어머니의 체중이다. 언제부턴가 어머니의 몸에 치명적인 것이 어머니의 몸이 되어 버렸다.

넘어져 봐야 자전거를 배울 수 있다는 걸 언제 알게 된 걸까. 휴일이면 서울 곳곳에서 몰려든 학생들이 여의도 광장으로 집결하던 때가 있었다. 차가 다니지 않는 그 광장을 수많은 자전거들이 가로세로 질주했다. 그때 친구들과 어울려 자전거를 탔던 기억이 있다. 순식간에 내 앞에 끼어든 한 남학생의 자전거와 부딪히면서 둘 다 아스팔트 바닥에 나동그라졌던 기억도 생생하다. 그때 둘 중 하나의 바지가 북 찢어지기도 했다. 그 뒤로도 자전거를 타다 곧잘 넘어졌다.

여름 방학, 이모 집에 놀러 갔다가 논에 나가 계신 이모부에게로 급히 갈 일이 생겼다. 허겁지겁 담벼락에 세워 둔 이모부의 자전거를 끌고 나갔다. 신작로를 벗어나 논길로 접어들었다. 푸르게 물이 오른 벼 사이로 좁디좁은 논둑이 숨어 있었다. 누군가 지나간 듯 자전거 타이어 자국이 또렷했다. 구불구불한 그 자국을 보고 덜컥 논길로 뛰어들었다. 논둑은 생각보다 훨씬 좁은 데다 울퉁불퉁하기까지 했다. 순간 섭을 먹었을 것이나. 내 몸은 사선서와 함께 그대로 논 안으로 곤두박질치고 말았다. 농약 뿌리기가 한창이었다. 얕은 물에 빠져 허우적대면서도 농약을 마시게 될까 봐 입을 꾹 다

물었던 기억이 있다. 그런데 이상하게도 언제 어떻게 처음 자전거를 타게 되었는지 아무래도 기억이 나지 않는다. 수없이 넘어지고 다친 뒤에야 자전거를 타게 되었을 텐데 말이다. 아무튼 여전히 나는 내 키보다 작은 자전거를 선호한다. 위급할 때 두 발이 땅에 닿아야 마음이 편해지고 비로소 자전거를 탈 마음이 생긴다.

결국 어머니는 그날 자전거 바퀴 한 번 제대로 굴려 보지 못했다. 운동화와 바지 밑단에 운동장의 먼지만 잔뜩 묻혔을 뿐이다.

◎ ◎ ◎

아파트 광장 곳곳에는 자전거 보관소가 있고 그곳에는 보관소의 한계를 한참 초과한 자전거들이 묶여 있다. 대부분 사용하지 않는 듯 먼지가 자욱이 내려앉았다. 녹이 슬거나 아예 안장이 빠져 달아난 자전거도 있다. 보름 전부터 관리소에서는 사용자를 알 수 없는 자전거를 찾아 처분한다는 공고를 냈다. 몇몇 주인만이 나섰을 뿐이다. 보름을 넘겨도 여전히 주인이 나서지 않는 자전거는 고물상으로 넘겨질 거라 한다.

자기 자전거를 갖는다는 건 꿈도 꾸지 못하던 시절이 있었다. 자전거를 묶어 두는 자물쇠는 너무도 엉성해서 만능열쇠라 불리던 열쇠로 다 열렸다. 우리 동네에도 애지중지하던 자전거를 잃어버리고 어린애처럼 징징 짜던 고등학생 오빠가 있었다. 목욕탕에 벗어 둔 아디다스 운동화를 잃어버리고 우는 고등학생 언니까지는 그런 대로 괜찮았지만 다 큰 남학생이 우는 것은 보기 민망했다. 덩치에 어울리지 않는다고 눈살을 찌푸렸는데 생각해 보니 그 당시는 그 정도로 자전거는 귀한 물건이었던 것이다.

"지금 주인 없는 자전거들을 경로당 앞에 쌓아 둡니다. 마지막으로 자전거를 찾아가십시오."

아침부터 관리소 방송 소리가 시끄럽다. 그 장관을 보기 위해 아이와 함께 광장에 나갔다. 광장 한 곳에 자전거가 산더미처럼 쌓였다. 그렇게 뉘여 쌓아 놓으니 영락없이 고물이다. 두 개의 원과 그리 복잡하지 않은 장치로 한때는 먼 곳까지 사람들을 날라다 주었을 것이다. 쟁쟁, 아파트 광장을 질주하는 자전거 떼가 보이는 것도 같았다.

십여 년 전 찾아갔던 하노이의 해질녘 길거리는 눈이 부셨다. 어느 시간이 되자 도시의 거리는 자전거를 타고 거리로 쏟아져 나온 사람들로 가득 찼다. 삿갓 모양의 농라를 쓴 잘록한 허리의 처녀들, 스틸 재질의 자전거에서 반사되는 빛의 물결이 아름다웠다. 자전거 행렬이 길게 꼬리를 물었다. 거대한 덩어리가 조금씩 앞으로 움직이며 한없이 이어지는 듯했다. 신호등도 교통경찰도 없었지만 마주치는 자전거들은 서로를 방해하지 않았다. 규칙적인 듯하면서도 불규칙하고 불규칙하면서도 규칙적인 행렬은 복잡한 네거리에서 줄어들지도 끊어지지도 않은 채 매스 게임을 하는 아이들처럼 서로 교차했다.

그로부터 5년 뒤 다시 하노이를 찾게 되었다. 개발도상국들의 변화라는 것이 으레 그렇듯 하노이 역시 5년 전의 모습을 찾아보기란 힘들었다. 길거리는 하노이의 변화를 가장 실감나게 느낄 수 있는 곳이었다. 급격히 늘어난 자동차와 오토바이에 밀려 자전거의 모습은 간간이 눈에 띌 뿐이었다. 시끄러운 경적에 밀려 도로 가장자리로 밀려난 자전거들의 모습은 위태로워 보였다. 그곳은 예전의 모습이 아니었다.

자전거들이 줄지어 서 있던 예전의 모습은 낭만적이었다. 이국적인 풍경을 담고 향수를 불러일으켰던 그때의 모습은 아름다웠지만 낭만이나 아름다움에 대해 이야기하고 싶지는 않다. 어느 나라 어느 도시든 현대화는 피할 수 없고 그것은 이방인이 논할 문제가 아니기 때문이다. 다만 자동차와 오토바이들이 늘어난 도로 위에서 사람들의 삶은 과연 행복해졌을까, 라는 점에서는 회의적이 될 수밖에 없었다.

무질서한 듯하면서도 나름의 질서를 유지하던 도로는 자동차와 오토바이, 자전거가 얽힌 격투기장처럼 변해 버렸다. 덩치가 큰 자동차가 그보다 작은 오토바이를 밀어붙이고 오토바이 역시 자신보다 작은 자전거를 밀어붙인다. 평화롭게 공존하던 자전거와 사람들은 이들에 밀려 서로를 위협한다.

자동차를 타지 않은 대부분의 사람들은 손수건으로 입을 가리고서야 길을 나선다. 하노이의 공기는 더 이상 맑지 않다. 자동차를 탄 사람들은 행복해졌을까. 서로 양보 없이 대치하는 길 위에서는 어떤 이도 빠르게 제 갈 길을 갈 수 없다. 막히는 길 위에서 늘어나는 것은 요란한 경적과 상대를 향한 고함, 누구에게릴 깃 없는 짜증뿐이다. 적어도 길 위에서는 누구에게도 이득이 될 것 없는 상황이다. 규칙은 더 이상 존재하지 않는다. 조화 역시 존재하지 않는다.

하노이의 개발과 발전은 여전히 진행 중이다. 이 발전이 언제까지 지속될지, 얼마만큼의 성과를 낼 수 있을지는 알 수 없다. 하지만 한 가지 예측 가능한 일이 있다. 자동차가 얼마가 늘어나든 고층빌딩이 얼마나 지어지든 GNP가 얼마나 되든 간에 베트남 혹은 하노이가 소위 말하는 선진 대열에 진입하기 위해서는 이런 혼란을 반드시 해결해야 할 것이라는 점이다.

도로 위에서 서로가 평등하고 조화로운 사회가 되지 않고서는 모두가 진정으로 행복해질 수 없다, 라고 생각하고 있는 사이에도 자전거 주인이라고 나서는 이는 거의 없었다. 쓸 만한 자전거들이 추려지고 나머지 자전거들은 십자형 갈고리들이 들어 올려 짐칸에 실었다. 갈고리에 예닐곱 개의 자전거가 한 번에 들렸다. 갈고리는 짐칸에 자전거를 부리고 몇 번 쳐서 부피를 줄였다. 짐칸 속에서 자전거들은 고물이 되어 갔다.

◦ ◦ ◦

삼각형의 미니벨로를 마음에 두었다가 드디어 구입하게 되었다. 디자인이 마음에 들었다. 지하철과 버스에도 접어 들고 탈 수 있는 아담한 사이즈로 마음에 든다. 기어가 없는 자전거에 펌프, 라이트, 후미등을 사서 장착했다. 헬멧도 구입해야 했지만 작은 자전거에 왠지 우락부락한 헬멧은 어울리지 않는다 싶었다. 자전거를 끌고 나갈 기회를 보고 있었는데 드디어 기회가 왔다. 로터리 근처의 족발집까지의 거리는 걷기에도 차를 타기에도 어중간했다. 자전거를 펼치고 안장에 앉았다. 어스름한 저녁, 라이트와 후미등을 켰다.

하지만 아파트 단지를 채 벗어나기도 전부터 자전거가 성가셔지기 시작했다. 보도는 보행자와 가로수로 너무 비좁았다. 도로는 달리는 자동차들 때문에 끼어들 엄두조차 낼 수 없었다. 자전거나 휠체어, 유모차 같은 것은 아예 고려하지 않았을 테니 당연히 도로 턱은 제각각, 노면은 울퉁불퉁했다. 쌩 달려 따끈따끈한 족발을 금방 사 오려는 생각은 어긋났다. 차라리 걸어갔다 오는 것이 더 나을 뻔했다.

어릴 적 골목길이 떠올랐다. 좁은 골목길이었지만 자전거와 사람이 함께 다녀도 충분한 길이었다. 외국에서 보았던 자전거 도로가 그리웠다. 자전거 도로는 끊김 없이 가고자 하는 곳까지 연결되어 있었다. 가끔 그 도로를 인도로 알고 서 있다가 달려오는 자전거 때문에 놀라기도 했다. 자신이 갈 방향에 따라 왼팔 또는 오른팔을 들어 수신호 하는 것이 그들에게는 자연스러워 보였다. 무엇보다도 그곳에서는 자전거와 자동차가 평등했다.

곡빌집 이후로 내 미니벨로는 애물단지가 되었다. 좁은 집 안에서 둘 곳이 마땅치 않아 자꾸 거처를 옮겨 다닌다. 거실에서 방으로 베란다로 다시 거실로. 가끔 핸들에 옆구리를 긁히기라도 하면

인상도 찌푸리게 된다. 그 사이 자전거 보관소는 새로운 자전거들로 꽉 찼다. 시간이 얼마 지나지 않아 자전거 주인들은 자전거를 타고 나갈 도로가 없다는 것을 알게 될 것이다. 자전거는 자전거 보관소에서 조금씩 낡아 갈 것이다.

자전거를 타고 신나게 달리며 요령을 울려 대는 꿈을 꾼다. 어머니가 달려가고 나와 내 딸이 그 뒤를 달려간다. 아무것도 거리낄 것이 없다.

하성란_ 1967년 서울 출생. 1996년 《서울신문》 신춘문예로 데뷔했다. 소설집으로 『루빈의 술잔』, 『옆집 여자』, 『푸른 수염의 첫번째 아내』, 『웨하스』 등과 장편소설 『식사의 즐거움』, 『삿뽀로 여인숙』, 『내 영화의 주인공』 등이 있다. 동인문학상, 한국일보문학상, 이수문학상을 받았다.

내 청춘의 자전거

— 최 용 원

    내가 다니던 고등학교는 참 멀었다. 강릉 시내 끝에서 남대천 다리를 건너 언덕을 세 번쯤 지난 변두리에 있었는데 집에서 4km가 넘는 거리였다. 밤 10시까지 야간 자율학습할 책가방과 체육복 가방, 교련복 가방(당시에는 고등학교에서 얼룩무늬 제복을 입고 군사교육을 했다.)까지 들고 갈 때면 정말 팔이 빠지는 것 같았다. 자전거를 타고 획획 지나가는 아이들을 볼 때면 왜 그리 부럽던지. 어떤 녀석들은 언덕길을 내려올 때면 온갖 폼을 다 잡고 일부러 친한 친구들 곁을 스칠 듯이 내달리는데 이 자전거라는 게 참 묘하다. 누구나 한 번쯤 겪어 보았겠지만 자전거가 보행자 곁을 바짝 스칠 때 자전거 타고 가는 사람은 무심하지만 걸어가는 사람은 소름이 오싹한다. 그렇게 해 놓고 뒤돌아보고 씩 웃는 녀석도 있으니 참 분통 터질 노릇이었다. 어쩌다 아버지가 자전거를 두고 출근하시면 터울이 적은 우리 삼형제는 그 자전거를 차지하려고 이전투구 했지만 결과는 늘 형 차지였다. 그러면 나는 또 그 무거운 가방들을 메고 몇 번을 쉬어 가며 학교까지 가곤 했다. 그때는 자전거를 사 주지 않는 아버지가 그렇게 야속할 수가 없었다.

◦ ◦ ◦

그러던 어느 날, 고등학교 2학년 봄 아버지가 오토바이를 사시자 그 자전거는 온전히 우리들 차지가 되었다. 연년생인 형은 고3이라 바빠 휴일에는 자연스레 내 차지가 되었다. 개나리, 진달래 피는 4월 초 자전거를 타고 새로 깔린 아스팔트 길을 달릴 때의 그 기분은 세상을 다 얻은 듯했다. 시내를 빠져 나와 임이 오신다는 임영고개를 넘어 율곡 선생이 자란 오죽헌을 지나 선교장에 이른다. 2km가 넘는 벚꽃 길을 내달릴 때면 그 즐거움은 이루 말할 수 없었다. 그러나 역시 백미는 경포대였다. 벚꽃이 만개할 때 관동팔경의 하나인 경포대에 올라 경포 호수와 동해 바다를 바라보면 거의

신선의 경지가 되었다. 송강 정철이 노래하고 신사임당의 고향이
자 율곡 선생이 자란 경포대 일대는 아마 이때가 가장 아름다울 것
이다.

사친(思親)

천 리 먼 고향 집은 첩첩이 산으로 가려져   千里家山萬疊峯

꿈속에서나 거닐어 보네   歸心長在夢魂中

한송정가에는 둥근 달도 떴겠고   寒松亭畔孤輪月

경포대 앞에는 바람도 불겠지   鏡浦臺前一陳風

모래 위에는 갈매기가 모였다 흩어지고   沙上白鷗恒聚散

바다에는 고깃배가 오가겠지   波頭漁艇每西東

어느 때 다시 임영 땅 밟아 보아   何時重踏臨瀛路

어머니 무릎에서 바느질 하나   綵舞班衣膝下縫

경포대에서 국어 시간에 배운 신사임당의 시를 한 수 읊고 동해
바다의 거친 파도를 보며 학업에 지친 심신을 달래다 보면 어느 정
도 원기회복이 되었다.

지금은 영동선의 종착역이 강릉역이지만 당시에는 경포역이었

다. 지금 정동진역처럼 경포역은 많은 연인, 신혼부부들이 밤 열차를 타고 일출을 보기 위해 찾는 곳이었다. 경포 호수를 따라 달리다 철둑길로 올라서면 탁 트이는 동해 바다, 철길 양옆에서 불어오는 5월의 아카시아 향기, 해풍을 타고 오는 갯내음……. 이 모든 것이 버스가 자주 있지 않았던 그 시절 자전거가 있어 가능한 일이었다.

경포대 바닷가에 있는 비치호텔(지금의 동해관광호텔) 언덕에서 한여름의 이글거리는 태양 아래 부서지는 포말을 바라보면 마치 내 마음속의 앙금이 포말처럼 부서져 사라지는 양 속이 후련해지곤 했다. 비치호텔 언덕의 대나무 숲에서 부는 바람의 속삭임을 뒤로 하고 강문을 지나 허난설헌의 생가가 있는 초당동에 이르면 그 광대한 소나무 숲에 놀라게 된다. 지금은 개발로 면적이 많이 줄어들었지만 그 끝도 없는 소나무 숲은 학교 소풍의 단골 장소였고 치기어린 개구쟁이들의 탐험 장소였다.

◦ ◦ ◦

초당동에서 송정에 이르는 해안도로는 울창한 송림에서 쉴 새 없이 뿜어내는 피톤치드로 인해 온 가슴을 부풀어 오르게 하고 머리뿌리까지 산소로 꽉 채워 두뇌를 깨끗이 정화시켜 주었다. 게다가 송림 사이로 보이는 금빛 모래사장과 하이얀 파도, 푸른 바다는 정말 여름 하이킹을 이보다 더 좋을 수 없게 만들었다. 바닷가 소나무 밑에서 먹는 간식은 얼마나 맛있었으며 해풍에 잠깐 눈을 붙이던 그 오수(午睡)는 또 얼마나 달콤했는지. 송정을 지나 남대천 제방에 이르는 포플러 길은 1960년대 조림녹화 시절에 심은 속성수인 포플러가 하늘 높이 장대하게 치솟아 있었는데 "미루나무 꼭대기에 조각구름 걸려 있네~~" 같은 노래를 흥얼거리며 지나곤 했다.

남대천 제방 둑에 코스모스가 만발할 때 코스모스 한 잎 물고 친구들과 양손 오래 놓기 내기도 하며 달리던 길은 왜 그리 아름답던지. 친구들과 남대천 하류의 하중도 삼각지에 들어가 벌거벗고 목욕도 하고 새알도 줍던 기억이 마치 어제 일같이 새롭다. 제방 둑을 따라 강바람을 맞으며 시내로 들어오는 길은 4km쯤 되었는데 제방이 끝나는 시내 입구 가게에서 아이스케키 하나 베어 물면 그야말로 꿀맛이었다. 이렇게 해서 장장 18km에 이르는 환상의 드라이브 코스를 일주하고 나면 '홍진에 묻힌 분네'의 고달픈 학업 스트레스가 싹 씻기는 느낌이었다.

그런데 자전거 타는 재미가 꼭 이렇게 속세에 지친 심신을 위로해 주는 기쁨에만 있었을까? 아니다. 남녀상열지사(男女相悅之事 - 男女相悅之詞가 아니다.)라고 하늘에 하이얀 손수건을 던져 올리면 파아란 물이 뚝뚝 떨어질 것 같은 가을날 빠알간 교련복을 입고 하이킹을 나온 천사 같은 소녀들, 경포대 벚꽃보다 더 탐스러운 자태를 드러내는 세일러복의 청순한 소녀들─가끔은 그들을 만난다는 설렘이 있었기에 강릉 시내에서 오죽헌, 선교장, 경포대, 경포 호수, 경포대 바닷가를 거쳐 초당, 송정, 남대천 제방 둑에 이르는 일주 코스가 환상의 드라이브 코스로 완성되었던 것이다.

초등학교 때 자전거를 배우느라 아동용 자전거를 가지고 있던 동네 부잣집 아이에게 갖은 아부를 다했던 일, 중학교 때 자전거가 타고 싶어 가게 짐자전거를 몰래 타고 언덕에서 내려오다 쑤셔 박아 크게 다쳤던 일, 고등학교 2학년 여름방학 때 우리 집에 세 얻어 지취했던 여학생을 찾아 사천, 연곡을 거쳐 소금강 부근이 한 농가까지 왕복 백 리 길을 설레는 마음을 안고 달리던 일, 그 소녀의 부모가 난처해하면서도 주인집 아들이라 애써 융숭하게 대접해 주던 일, 그 소녀와 별 얘기도 나누지 못했지만 돌아오면서 왠지 뿌듯했던 일, 장대비를 맞으며 거칠게 시가지를 종횡무진하며 〈내일을 향해 쏴라〉의 주제곡 'Raindrops keep falling on my head'를 뜻도 모르면서 흥얼거리던 일, 언제나 뭔가 낭만적인 사건이 일어나길 기대하며 경포대를 향하여 임영 고개를 힘들게 넘던 일, 이 모두가 아직도 생생하게 다가오는 좋았던 시절이지만 이제 이 글을 접자. 환상의 드라이브 코스에서의 낭만적인 로맨스는 없었다고 하자. 만일 있었다면 그것은 내게는 아름다운 추억이지만 혹 누구에게는 가슴 아픈 또 하나의 일이고 사소한 일로 겨우 되찾은 가정의 평화를 흔들고 싶지 않음이다. 그러나 혹 사춘기의 로맨스를 원한다면 환상의 드라이브 코스로 가자.

최용원 _ 서울대학교 영문학과를 졸업하고 브리스톨대학교에서 영화 및 드라마 석사 학위를 받았다. 2002년 한국프로듀서연합회 및 여의도클럽 '올해의 방송인상'을 수상했고 현재 MBC 드라마국 부장을 지내고 있다. 주요 연출 작품으로는 『전원일기』, 『베스트극장』, 6.25 특집극 『이방인』, 창사특집극 『너희가 나라를 아느냐』, 미니시리즈 『천생연분』 등이 있다.

자전거 도둑에 관한 세 가지 법칙

— 김 연 수

암스테르담에서 가장 놀란 것은 물론 커피숍에서 파는 각종 대마초들이었다. 하지만 거리에 세워진 자전거들도 그에 만만치 않게 놀라웠다. 암스테르담이 운하로 유명하다는 것은 곧 도로의 폭이 좁아 자동차를 몰고 다니기도, 또 주차하기도 어려운 곳이라는 뜻이다. 그러므로 암스테르담 사람들이 자전거를 사랑하는 건 당연한 일이다. 세계적인 여행 안내서인 『론리 플래닛』 암스테르담 편에 보면, 역시 표지에 자전거를 타고 가는 남자의 사진이 나와 있다. 요컨대 암스테르담은 자전거의 도시인 셈이다. 아침에 문을 열면 정장을 차려입은 직장 여성이 자전거를 타고 머플러를 휘날리며 거리를 달려가는 모습을 볼 수 있는데, 그게 얼마나 멋진지 나도 당장 자전거를 타야겠다는 생각이 들 정도다.

자전거 타기에도 법칙은 있는 법이다. 정장을 입은 직장 여성이 자전거를 타고 출근할 정도라면, 첫째 그 지역의 교통 정체가 극심하다는 뜻이고, 둘째 그 도시에는 자전거 도둑이 수두룩하다는 뜻이다. 여러 사람들이 모여서 살아가는 곳이니 세상 돌아가는 이치도 때로는 꽤 합리적이라는 생각이 들 때가 있다. 예컨대 자전거 도둑의 분포도를 그려 보면 쉽게 알 수 있다. 자전거 도둑이 가장 많은 곳은 자전거를 타기에 가장 좋은 곳이자 자전거를 도둑맞으면 그 상심이 매우 큰 곳일 확률이 높다. 이는 자전거 타기가 너무 힘들어 자전거가 처치곤란이었는데, 어느 날 자전거를 도둑맞았더라 같은 일은 많지 않다는 뜻이다. 자전거 도둑의 첫 번째 법칙이 바로 여기에서 나온다.

자전거의 효용이 가장 높은 곳에 자전거 도둑은 들끓는다.

그러므로 자전거의 효용이 가장 높은 곳의 자전거 자물쇠는 절단하기가 가장 어렵다. 암스테르담의 자전거 주차장에는 보통 수

백 대가 넘는 자전거가 주차돼 있는데, 그 자전거들은 모두 쇠사슬로 묶여 있다. 자전거가 교통 흐름에 방해된다고 시 당국에서 일괄 쇠사슬로 묶어 놓은 게 아니다. 그게 자전거 자물쇠다. 기껏해야 여러 겹의 철사로 묶어 놓는 우리와는 격이 다른 셈이다. 쇠사슬도 작은 게 아니라 중세 마녀 재판에 사용되던 고문 기구를 연상시킬 만큼 두껍고 무거운 것들이다. 나도 그런 쇠사슬을 하나 구해 보려고 했더니 가격만 10만 원에 달했다. 그냥 막 타고 다니는 자전거 한 대 값이었다. 하지만 나는 쇠사슬에 묶인 자전거에 깊이 공감했다. 오죽 했으면, 오죽 했으면 그랬겠는가!

자물쇠와 관련해 자전거를 타기 가장 좋았던 곳은 중국이었다. 중국의 일반 대중들은 아직 자동차를 구매할 경제적 능력이 없으므로 많은 사람들이 자전거를 타고 다닌다. 우리에게는 중국산 자전거가 헐값으로 보이지만, 당사자들에게는 자전거의 가격이 상대적으로 비싸다. 그런 탓인지 중국에서는 새로 구매한 자전거를 모두 등록해야만 한다. 그래서 자전거마다 번호판이 붙어 있다. 아마도 쇠사슬보다는 등록된 번호판이 훨씬 더 강한 억세력을 발휘하는 것인지도 모른다. 그건 자전거에 공권력이 개입한다는 뜻이니까. 그래서인지 중국에서는 자전거를 보관하는 괴로움이 자전거를 타는 즐거움보다 크지 않았다.

반면에 인구가 겨우 7만에 불과했던, 독일의 소도시 밤베르크에 머무르고 있을 때는 그 평화롭고 풍요로운 소도시에 무슨 자전거 도둑이 있겠느냐고 방심했다가 아는 사람이 자전거를 잃어버려 깜짝 놀라기도 했다. 자전거를 잃어버린 사람은 루마니아의 소설가였다. 루마니아는 부유한 나라가 아니기 때문에 180유로짜리 자전거라면 그에게는 꽤 비싼 것이었는데, 누군가 그냥 들고 가 버렸다. 그 루마니아 소설가는 내게 "한국에서도 자전거를 훔쳐 가는 사람이 있느냐? 루마니아에는 자물쇠로 잠가 놓지 않고 그냥 내버려 둬도 아무도 훔쳐 가지 않는다. 어떻게 이런 동네에서 자전거를 훔쳐 갈 수 있느냐?"며 분통을 터뜨렸다. 그때 나는 자전거 도둑이 거의 없었던 중국을 떠올렸다. 그러니까 자전거 도둑에 관한 두 번째 법칙.

자본주의가 발달된 곳일수록 자전거 도둑이 더 많다.

아마도 내가 사는 일산이 이 두 개의 자전거 도둑 법칙에 잘 들어맞는 지역인 듯하다. 도로와 인도 사이에 자전거 전용 도로가 갖

취져 있으며, 신호를 기다릴 필요 없이 그냥 도로를 횡단할 수 있도록 육교를 만들어 놓았다. 자전거를 타고 출퇴근하려는 사람들을 위해 지하철역 입구에는 자전거 주차장도 설치했다. 이 모든 것은 과연 무엇을 뜻하는가? 그건 바로 일산에는 자전거 도둑이 너무나 많다는 뜻이다. 과연 그런 것인지 어떤 것인지 조사해 볼 필요조차 없다. 왜냐하면 올해만 해도 내가 잃어버린 자전거가 무려 세 대에 달하기 때문이다.

살아가면서 우리는 많은 것들을 잃어버린다. 예컨대 나는 지갑도 잃어버리고 가방도 잃어버리고 MP3 플레이어도 잃어버렸다. 부주의로. 전적으로 나의 부주의로. 그러므로 할 말이 없다. 하지만 자전거의 경우에는 부주의로 잃어버리는 경우가 거의 드물다. 처음 자전거를 잃어버렸을 때는 사람들이 쉽게 자를 수 있는 와이어자물쇠로 자전거를 잠가 놓은 내 부주의를 지적했다. 하지만 그건 부주의도 아니었다. 두 번째는 인적이 드문 새벽, 도로변에 자전거를 묶어 놓고 두 시간 남짓 방치한 부주의를, 세 번째는 한 번 잃어버렸던 곳에 다시 사선서를 묶어 놓은 부주의를 지적했다. 하지만 아니다. 그건 아니다. 그걸 두고 부주의라고 한다면 이 세상에 일어나는 모든 악행은 다 나의 부주의 때문이랄 수 있다.

자전거를 도둑맞는 일이 다른 물건을 도난당하는 일과 다른 까닭은 여기에 있다. 자전거 도둑들은 우리가 자전거를 껴안고 함께 잠들지 않는 이상, 주의하든 주의하지 않든 자전거를 훔쳐 간다. 나를 포함해 자전거를 잃고 한동안 넋이 빠져서 지내던 사람들을 많이 봤는데, 그게 다 이런 이유에서 비롯한다. 그렇기 때문에 자전거를 도난당해 본 사람들은 자전거 도둑에 한해 특수절도죄를 적용시켜야만 한다는 주장에 동의할 것이다.

　그런데 더 사태가 곤란한 것은 자전거 도둑의 제1법칙, 즉 자전거의 효용이 가장 높은 곳에 자전거 도둑이 들끓는다는 점이다. 다시 말하면 이는 자전거를 탈 기회가 많은 사람들, 그래서 자전거와 사랑에 빠질 가능성이 많은 사람들이 자전거 도둑의 주요 대상이라는 뜻이다. 운동을 겸해서 자전거를 타고 지하철역까지 가서 출퇴근할 생각으로 자전거를 샀다가 그 얼마 뒤 잃어버린 사람의 얼굴을 본 적이 있다. 그건 인생의 모든 가치 있는 것들에 대한 불신으로 가득 찬 얼굴이었다. 자전거를 훔쳐 가는 일은 자전거만을 훔쳐 가는 게 아니라 그 자전거를 포함해 한 사람이 꿈꿨던 희망과 낙관을 모두 훔쳐 가는 일과 마찬가지다. 그러므로 자전거를 잃어버린 적이 있는 사람들은, 또한 자전거 도둑에 한해 그 특수절도를 가중처벌 시킨대도 두 팔을 들고 환영할 것이다.

그리고 마지막으로 자전거 도둑 제2법칙, 즉 자본주의가 발달된 곳에서 자전거를 훔쳐 가는 일은 곧 그 일을 생계로 삼는다는 뜻이다. 자전거가 너무나 타고 싶어서, 혹은 어딜 다녀야만 하는데 자전거 살 돈이 없어서 자전거를 훔치는 사람은 이제 없다. 그렇다면 자전거 도둑들은 되팔려고 자전거를 훔치는 셈이다. 나는 심지어 5만 원짜리 중국산 자전거도 잃어버린 적이 있다. 자전거를 훔쳐서 되파는, 그 작자들도 자전거를 훔치기 전에 여러 생각을 할 것이다. 그러니까 5만 원짜리 자전거를 훔쳐서 얻는 이익과 그 자전거를 훔치는 과정에서 감수해야 할 비용을 계산해서 자전거를 훔칠 것이다. 훔치는 과정에서 잡힐 수 있다는 걸 염두에 둔다면 그 행위를 통해 얻는 이익이란 기껏해야 만 원도 넘지 않을 것이다. 그것 참 좀스런 사업이 아닐 수 없다. 차라리 자기가 타고 다니기 위해 자전거를 훔치는 사람이라면 용서가 가능하지만, 이건 도저히 용서가 불가능하다. 그러므로 그들에게는 특수절도 행위를 가중처벌하고 평생 보호 감찰시켜야만 한다.

이 시점에 이르면 보통 사람의 상식으로 자전거 도둑을 이해하는 일은 난망하다는 것을 깨닫게 된다. 그러므로 자전거 도둑의 제

3법칙은 다음과 같다.

자전거 도둑을 이해하려고 하는 한 자전거는 사라진다.

그저 그들은 응징하기만 하면 된다. 하지만 만나야지 응징을 할 텐데, 좀체 만날 수가 없다. 그러므로 우리가 할 일은 인간의 관점에서 자전거 도둑을 바라보지 않는 일이다. 좀 낡았으니까, 싸구려니까, 한 번쯤이니까, 이 자전거는 훔쳐 가지 않을 거야, 라고 생각하는 순간 자전거 도둑은 자전거를 훔쳐 간다. 심지어는 집 안에 세워 둔 자전거마저도 훔쳐 가니 더 이상 할 말이 없다. 자전거를 사랑하는 우리가 잃어버릴 것은 오직 자전거뿐이요, 준비해야만 할 것은 오직 굵디굵은 쇠사슬뿐이다.

김연수_ 경북 김천에서 태어났다. 『꿈빠이. 이상』, 『나는 유령작가입니다』, 『내가 아직 아이였을 때』 등의 소설을 펴냈으며 『플러그를 뽑은 사람들』 등 여러 권의 책을 번역했다. 동서문학상, 대산문학상, 동인문학상 등을 수상했다.

풍
경
을

보
다

그녀의 자전거가 내 가슴에 들어왔다

— 탁 정 언

20년 넘게 광고 일을 하다 보니, 사람의 마음속에는 감성지수, 감각지수라는 것이 있다는 생각을 하게 됩니다. 누구나, 1년에 한 두 달 혹은 한 달에 며칠은 마음이 감성과 감각으로 가득 차서……사소한 배려에도 감동을 하고, 일상적인 풍경에도 눈이 촉촉해지고, 작은 해프닝에도 특별한 의미를 부여할 때가 있을 거라는 말이죠. 나의 경우는 ─ 감성과 감각이 가득 차면 ─ 마음이 차분하게 가라앉고 입은 무거워지고 눈은 먼 곳을 보게 됩니다. 그러면서도 내면에서는 상상력이 부풀어 올라 거의 폭발 직전까지 갑니다. 말수는 적지만 아이디어를 하나 내더라도 동료들을 감탄시키고, 카피

한 줄을 쓰더라도 눈빛을 빛나게 한답니다. 직업적으로 가장 행복한 순간이 아닐까 합니다.

하지만 그런 날은 아주 짧아서 대부분 돌처럼 굳은 마음으로 일을 하게 되는 것 같습니다. 그래서 어쩌다 감성과 감각이 찾아왔다가 떠나가려 하면 그 털끝이라도 붙들려고 애를 쓰지요. 하지만 그것들은 때가 되면 뒤도 돌아보지 않고 매몰차게 사라집니다.

그러면…… 내가 만든 광고는 다 후져 보이고, 남이 만든 광고는 다 근사해 보입니다. 나의 감성지수와 감각지수는 밑바닥으로 떨어졌는데, 걸리는 일이라고는 자동차 —그것도 트럭이나 기계 부품, 자재 같은 광고라 볼트와 너트 속에서 허우적거리고 있으니……. 내가 내는 아이디어는 딱딱하고 칙칙하고 촌스러운 데다, 내가 쓰는 카피는 직설적이고 원색적이고 목소리만 크니 답답할 노릇이지요.

그때도 그랬던 것 같습니다. 경쟁 프레젠테이션이 몇 개 겹쳐서 낮에는 졸다가 밤만 되면 제대로 씻지도 못해 험상궂은 모습으로 일을 할 때였습니다. 내가 내는 아이디어는 유명 모델과 컴퓨터 그래픽과 스포츠에 머물고, 내가 쓰는 카피는 빠른 약효와 완벽한 시스템과 확실한 공부법에서 맴돌고 있을 때였지요. 담배 연기 가득

한 회의실에서 회의에 지친 몸으로 텔레비전을 보는데, 빈폴이라는 트래디셔널 캐주얼 브랜드 광고가 내 마음으로 들어왔습니다. 곧 돌덩이 같은 마음이 움찔했습니다. 한 남자가 자전거를 타고 오는 소녀와 마주치는 영상에 눈이 멈췄고 '그녀의 자전거가 내 가슴에 들어왔다'는 카피에 가슴이 뛰었지요. 아주 감성적이고 감각적인 광고였습니다. 제약 효과를 알리기에 급급했던 나의 아이디어와 카피가 비참해지는 순간이었습니다. 아마 그 광고를 만든 사람은 감성지수와 감각지수가 최고조였겠지요.

물론 감성적이고 감각적인 광고가 다 좋다고 말할 수는 없습니다. 감성과 감각만 앞세우다 상품 속성도 알리지 못하고 실패하는 광고가 부지기수니까요. 광고는, 하도 변화무쌍해서 감성적이고 감각적인 것이 성공한다고 따라 했다가는 나락으로 떨어질 수 있습니다. 감성과 감각으로 광고를 유행시키는 데 성공했지만, 정작 브랜드도 제대로 알리지 못하고 경쟁사 좋은 일만 하는 경우도 있습니다. 어떻든 빈폴 광고는 성공한 것 같습니다. 그 광고가 여러 번 반복해서 시리즈로 집행된 후에, 사람들은 빈폴을 경쟁 브랜드보다 더 좋게 느껴진다고 하고 또 마켓 셰어(시장 점유율)도 많이 넓힌 모양입니다.

그렇다고 광고가 성공했기 때문에 빈폴 자전거 광고를 좋아하는 것은 아닙니다. 내가, 한 남자가 자전거를 타고 오는 소녀와 마주치는 영상에 눈이 멈추고 '그녀의 자전거가 내 가슴에 들어왔다'는 카피에 가슴이 설렌 이유는 사실 다른 데 있습니다.

✻ ✻ ✻

나는 강릉을 참 좋아합니다. 강릉을 좋아해서 그런지 강릉 사람도 참 좋습니다. 학창 시절 친했던, 강릉이 고향인 친구는 지금도 친한 친구입니다. 강릉에 가면 이상하게도 조금도 낯설지가 않습니다. 언젠가 살았던 것 같은 데자뷰 현상 비슷한 느낌을 받습니다. 계천 다리에는 언제나 똑같이, 머리 위에 무거운 짐을 아슬아슬하게 인 채 코흘리개를 이끌고 건너가는 아줌마가 있고, 짐칸 높이 짐을 쌓고 구슬땀을 흘리며 리어카를 끌고 가는 아저씨도 있습니다. 또 다리 난간에 양쪽 팔꿈치를 올려놓고 흐르는 물을 바라보며 담배를 피우는 청년도 있습니다. 소녀들은 삼삼오오 무리 지어 깔깔거리며 다리를 건넙니다. 그녀들 틈에는 언제가 마음속으로 좋아했을 것 같은 참한 소녀도 있습니다. 나는 고장 난 자전거를 끌고 그녀를 몰래 쳐다봅니다. 계천 둔치에는 항상 그렇듯이 술래

잡기하는 아이들과 낚시를 하는 할아버지가 있습니다. 항상 그랬으니까 지금 이 순간에도 그렇겠지 생각합니다.

지금은 여기저기 아파트가 솟아올라 몹시 밉기는 하지만 고개를 높이 쳐들지 않는다면, 강릉에선 여전히 오래된 양옥과 한옥을 볼 수 있습니다. 도시 어디를 가나 허름해서 정겨운 집들이 옹기종기 모여 있고, 그 사이로 오밀조밀 골목길이 이어집니다. 나에게는 그런 골목길이 수천 번은 지나다녔던 것처럼 익숙합니다. 골목길 허름한 담을 넘어 가지에 주렁주렁 열린 감도 그대로 있습니다. 몰래 감을 따고 싶은데, 그냥 놔두고 보기만 하는 강릉 사람들 때문에 그냥 쳐다볼 수밖에 없습니다.

처음 강릉에 갔을 때, 나는 데자뷔 현상 비슷한 느낌 덕분에 그만 길을 잃었습니다. 아주 친한 친구들과 함께, 마감하는 대학 시절을 아쉬워하며 빈 마음을 채우러 떠났던 졸업 여행이었습니다. 외지에서 온 사람들 누구나 그렇듯이 바닷가에 머물렀지요. 친구들은 즉각 빈 마음을 채울 거리들을 준비해서 실행에 옮겼습니다. 그 거리들이란, 젊음의 꼬리를 붙들고 놓치지 않겠다는 일종의 떼쓰기였습니다. 그런데 그만 내가 좀 이상해지는 것이, 머리는 자꾸 상상이 커지고, 마음은 차분하게 가라앉고, 입은 무거워지고, 눈은 먼

바다를 바라보는 것이었습니다. 친구들과 행동을 같이 해야 하는데 마음이 움직이지 않았습니다. 나는 아프다고 핑계를 대고 슬그머니 친구들한테서 빠져나와 혼자서 호젓하게 소나무 숲길을 거닐었습니다. 소나무 숲이 끝나는 지점에서 자전거 대여점을 보고는 펄쩍 뛰었고 대여료가 서울에 비해 극히 저렴하다는 것에 감동을 했습니다.

길은 쭉쭉 잘 뻗어 있었습니다. 바닷가를 빠져나와 관광 상품 가게를 지나 거대한 호수를 끼고 자전거를 타는 기분이란 말로 표현할 수 없는 것이었죠. 그때 기분을 생각하면 지금도 얼마나 흥분이 되는지……. 힘든지도 모르고 호숫가 도로를 지나 시내로 들어갔으니까요. 나중에 강릉에 빈번하게 드나들면서 그 거리가 얼마나 먼 거리인지 몇 번이나 놀랐답니다. 그때는 길도 모르면서 마음이 가는 대로 자전거를 몰았는데 조금도 두렵지 않았고 걱정이 되지도 않았지요.

그러다 길을 잃은 것입니다. 자전거는 고장이 난 데다 날은 어두위지고 있었지만, 그래도 두렵거나 걱정이 되지 않았습니다. 발길 닿는 골목길은 모두 포근하게 느껴졌고, 어떻게든 민박집까지 찾아갈 수 있을 거라 생각했습니다. 자전거를 수리할 자전거포는 찾지도 않고 골목길과 사람 구경에 정신이 팔려 있었지요. 삼삼오오 모여서 이야기를 나누는 사람들 틈에 끼어들면 다들 아는 사람이라고 반겨 줄 것 같았습니다. 누군가 말을 걸어 줄 것 같았습니다. 나는 편안한 마음으로 자전거를 끌고 천천히 골목길을 빠져나와 계천 다리를 건너려고 건널목에 섰습니다.

"언제 내려왔냐?"

정말로 한 아저씨가 잘 아는 사람처럼 다가와서 말을 걸었습니다. 강원도 사투리가 구수했습니다. 사십 대 정도, 남루한 옷차림에 얼굴이 새까맣게 탄 아저씨였습니다. 친구 말고는 내가 강릉에서 아는 사람이 있을 리 없었지요.

"어머니께서 많이 기다리신다."

아저씨는 내가 형제라도 되는 것처럼 태연스럽게 말을 걸고 나와 나란히 걷기 시작했습니다. 나는 기가 막히면서도 어떤 초자연적 힘이나 특별한 인연이 아닐까, 상상의 경계를 넘어서서 아저씨의 말을 가로막지 않았습니다.

"어? 자전거 체인이 끊어졌나? 이리 봐 봐. 내가 고쳐 줄게."

다리를 다 건넜을 때 아저씨는 자전거를 세우게 하고는 끊어진 체인을 살펴보았습니다. 주변에 굴러다니는 철사를 주워 와 체인을 엮었습니다. 손이 시커먼 기름때로 범벅이 되었지만 아저씨는 개의 치 않고 체인 고리에 철사를 넣어 단단하게 묶었습니다.

"세월 참 빠르지. 많이 컸다."

아저씨는 체인을 손보면서도 계속 혼잣말을 했습니다. 아직 누군지 확인을 하지는 않았지만, 따뜻한 배려가 고마워서 눈물이 날 지경이었습니다. 어쩌면 기억상실에 걸린 중년 남자일 거라고 생각했습니다.

"됐다. 이 정도면 살살 탈 수 있을 거라."

아저씨는 흰 이를 드러내고 웃었습니다.

그때 어디선가 조무래기들이 우르르 몰려왔습니다.

"바보다. 바보 아저씨 왔다."

조무래기들은 바보 노래를 불렀습니다. 작은 돌을 던지는 녀석도 있었고 씹던 껌을 조물조물 뭉쳐서 던지는 녀석도 있었습니다.

"이놈들!"

아저씨는 소리를 지르며 아이들을 쫓았습니다.

"얘기 내 동생이야, 내 동생이라니까!"

아저씨는 내 손을 붙들고 소리를 질렀습니다. 아저씨 손 덕분에 내 손도 금방 자전거 체인 기름 검댕이로 지저분해졌습니다. 참 난

처했습니다. 창피했습니다. 아니라고 소리치며 도망을 치고 싶은 마음이 굴뚝같았습니다. 하지만 도망갈 수가 없었습니다. 어벙한 미소를 짓고 아저씨 옆에 서 있었습니다. 아이들은 더 재미있다는 듯이 바보 노래를 더 크게 불렀습니다. 나에게도 작은 돌이 날아왔습니다. 사람들이 구경거리를 보려고 모여들었습니다.

나는 어떻게 해야 할지 난감한 표정으로 서 있기만 했습니다. 그때 한 소녀가 눈에 들어왔습니다. 언젠가 마음속으로 좋아했을 것 같은, 계천 다리 위의 그 소녀였습니다. 그녀는 나와 아저씨와 조무래기들이 펼치는 해프닝을 구경하다, 한쪽 발을 페달에 올려놓고 다른 발로 몇 번 땅을 밀쳐 자전거를 구르게 한 다음 날렵하게 살짝 자전거 안장에 앉고는 부드럽게 내 옆을 지나쳤습니다. 빨간색 자전거였습니다. 스쳐 지나가는 얼굴을 가까이서 보니 고등학생, 아니면 갓 입학한 대학 신입생 정도 되는 것 같았습니다. 얼마나 창피하고 난감했던지…… 그러면서도 왜 그렇게 가슴이 뛰던지…….

◦ ◦ ◦

나는 대학을 졸업하고 사회에 나와 취직을 하고 한참 있다가 강릉 여자와 결혼을 했습니다. 의도적으로 강릉 여자와 결혼을 했다고 생각한다면 정말 큰 오해입니다. 그것은 말 그대로 우연이었을 뿐입니다. 강릉 여자와 결혼을 하는 바람에 나는 일 년에 한두 번은 강릉에 갑니다. 세월이 아주 많이 흘렀지만 강릉의 그 계천 다리 위에는 그때 그 사람들이 그대로 있는 것 같습니다.

탁정언_ 카피라이터. 작가. 『기획의 99%는 컨셉이다』, 『일하면서 책쓰기』, 『이름 없는 전쟁』, 『매일 사표 쓰는 남자』, 『톡톡 튀는 개성시대』, 『아하, 이렇게 되는구나』 등을 썼다.

뒤를 돌아보지 않는 베트남의 자전거

— 방 현 석

벌써 10년도 더 전이다. 베트남에 처음 발을 디뎠을 때의 강렬하면서도 대조적이었던 두 가지 풍경을 잊지 못한다.

공항 입국 심사대. 아무리 보아도 군복이라고밖에 달리 표현할 수 없는 제복을 입고 한껏 굳은 표정으로 용의자를 바라보듯 훑어보던 직원들의 눈빛은 정나미가 뚝 떨어지게 만들었다. 그들의 비우호적인 태도가 내 국적과 관련이 있는가 싶어 주변을 둘러보았다. 내 어린외 발급 국가인 '대한민국'은 그들이 가장 힘들었던 시기에 그들의 적이었던 미국이 지급한 무기를 들려 젊은이들을 베트남에 보낸 나라였다. 내가 그들에게 총을 겨눈 것은 아니지만 나와 무관한 일이라고 주장할 수도 없는 노릇이었다. 그것 때문이라면 감수해야 마땅했다.

그러나 그들의 비우호적이고 불친절한 태도는 다른 국적의 사람들에게도 다르지 않았다. 더구나 자신들의 '인민'인 베트남 인들에게도 마찬가지였다. 노이바이 공항에서 하노이 시내로 들어가는 내 마음은 가로등 하나 없는 밤길보다 더 어두웠다.

내가 전혀 다른 베트남의 풍경을 목격한 것은 다음 날 아침이었다.

소란스러운 소음에 잠이 깨서 창밖으로 고개를 내밀던 나는 깜짝 놀랐다. 4차선 도로를 가득 메운 자전거. 아오자이를 펄럭이며 흰 물결이 되어 흘러가는 여학생의 무리는 그중에서도 단연 압권이었다. 자전거와, 그 사이에 드문드문 섞인 오토바이들이 울려 대는 경적 소리마저 소음이 아닌 활기로 여기게 만들 만큼 유유히 흐르는 거리의 물결은 평화롭기 그지없었다.

하노이에서 훼, 다낭, 나짱, 호치민, 그리고 붕따우까지 베트남을 종단하면서 어디에서나 자전거를 만날 수 있었다. 시골길 위에서 만나는 자전거들은 더 정겨웠다. 그들이 굴려 가는 바퀴 어디에서도 이제, 힘겨운 역사의 수레바퀴를 굴려야 했던 베트남 인들의 고통과 불굴의 투지는 찾아볼 수 없었다.

자전거에 실려 온 베트남의 역사는 하노이의 군대박물관이나 호치민 시의 전쟁범죄박물관에 전시물로 남겨지게 되었다. 자전거는 프랑스와 미국을 상대로 한 30년 전쟁 기간 동안 베트남의 가장 강력한 보급 수단의 하나였다. 지금처럼 튼튼하지도 않은 자전거로 300kg이 넘는 보급품을 싣고 쯩선 산맥을 내달리며 호치민 루트를 만든 사람들이 베트남 인들이었다. 프랑스를 궤멸시킨 디엔비엔푸 전투를 준비하기 위해 대포를 해체해서 산꼭대기로 운반할 때도 자전거가 동원되었다.

역사는 지나가고 자전거가 만들어 내는 풍경도 바뀌었다. 자전거를 타고 서로 눈빛을 나누며 나란히 달리는 젊은 연인들은 눈이 부시게 아름다웠다. 그들이 만들어 내는 거리의 풍경은 베트남을 종주하는 보름 동안 나를 언제나 행복하게 만들어 주었다.

베트남이 자전거의 나라이게 한 자연적인 조건이 무엇인지는 베트남에 잠시라도 머물러 본 사람이라면 금방 알게 된다. 북부와 중부의 일부 산악지대를 제외하면 어디나 드넓은 평야가 펼쳐져 있다. 북부와 중부의 산악지대마저도 도시는 대부분 분지 위에 형성되어 있다. 여성들도 어려움 없이 자전거로 도시 어디로나 이동이 가능한 지형인 것이다. 그리고 겨울이 없는 기후도 빼놓을 수 없다. 하노이 북부에는 사계가 있고, 겨울이면 동사자가 발생한다고 하지만 지극히 상대적인 추위일 뿐이다.

✿ ✿ ✿

지금의 베트남 거리는 십여 년 전과는 또 많이 달라졌다. 호치민 시와 하노이에서는 자전거를 밀어내며 오토바이가 거리를 점령해 가고 있다. 오토바이 뒤로는 자동차가 추격해 오고 있다. 신호등 없이도 막힘없이 흘러가던 교차로에서는 오토바이와 자동차가 뒤

엉키고, 자전거는 그 사이에서 전전긍긍한다.

자전거들의 모습도 바뀌고 있다. 예전, 베트남의 자전거의 공통점은 뒤를 볼 수 있는 사이드미러가 없는 것이었다. 어떤 자전거에도 사이드미러가 없었다. 그것은 오토바이도 마찬가지였다. 일본산이 대부분인 수입 오토바이에는 모두 사이드미러가 붙어 있었지만 떼어 내고 달지 않았다. 떼어 내지 않은 경우는 사이드미러를 핸들 가운데로 돌려놓고 거울로 사용했다. 자기가 갈 앞길만 보고 달려가는 것이 베트남의 자전거와 오토바이였다. 그들은 뒤돌아보는 법이 없었다. 뒤에서 달려오는 오토바이와 자동차가 빵빵거려도 앞을 보며 천천히 자기 길을 갈 뿐이었다.

뒤돌아보지 않는 것. 이것이 신호체계와 중앙선 개념이 흐릿한 베트남의 도로 위에서 지켜야 할 철칙이라는 것을 나는 나중에야 알았다. 뒤를 의식하고 방향을 바꾸면 사고가 난다는 것이 베트남 친구들의 설명이었다. 자기가 갈 길을 흔들림 없이 가 줄 때 뒤따르던 자전거와 오토바이, 자동차가 사고를 내지 않는다는 것이다. 뒤따르는 사람들은 앞 사람의 속도와 방향을 신뢰하고 속도를 조절하고, 추월 방향을 잡는다. 그것은 어디서나 길을 건너는 보행자들에게도 마찬가지로 적용되는 원칙이었다. 길을 건너다가 주춤거리거나 물러서면 사고가 난다. 자전거와 오토바이, 차를 운전하는 사람은 횡단하는 보행자의 속도와 방향을 신뢰하고 속도를 조절하기 때문이다.

사람들이 가는 방향과 속도에 대한 신뢰. 이것이 무질서한 것처럼 보이지만 결코 무질서하지 않은 베트남 인들의 교통질서를 지배하는 암묵적이지만 확고한 원칙이다. 하나의 문화는 그들의 삶을 규정하는 총체적인 정신의 구성 원리와 연결되어 있다. 구성원들의 삶 속에 내면화된 정신은 구성원들이 지닌 용모와 성격을 빚어낸 자연과 무관하지 않기도 하다.

사람이 가는 방향과 속도에 대한 신뢰. 이것이 베트남을 베트남일 수 있게 한 근원적인 힘인지도 모른다는 생각을 나는 베트남의 거리에서 자주 하곤 했다. 그 신뢰를 깬 사람이 다치는 것을 길 위에서 목격하는 것처럼, 사람들은 역사 속에서, 신뢰를 깬 사람이 결국 다친다는 것을 목격해 왔을 것이다.

압도적인 힘을 가진 상대들을 격파하고 독자적인 자신들의 역사를 쓸 수 있었던 베트남의 비밀은 어쩌면 자신의 방향을 향해 자신의 속도로 달려가는 자전거의 풍경 속에 감추어져 있을지도 모른다.

'과거를 닫고 미래로 가자!'

이 슬로건은 베트남의 지도자들이 베트남 자전거 문화의 특징을 매우 효과적으로 언술화해서 당면 과제를 해결해 온 정치적 능력의 보유자들이었음을 상징적으로 보여 준다. 베트남의 당과 정부가 전쟁에서 승리한 이후 일관되게 내세워 온 슬로건이 바로 이 슬로건이었다.

'과거를 닫고 미래로 가자!'

사이드미러를 보지 않고 앞만 보고 가는 베트남의 자전거와 오토바이 문화는 이 슬로건과 얼마나 절묘하게 맞아떨어지는가.

베트남은 이 슬로건 아래에서 30년 전쟁 기간 동안에 쌓인 내부의 원한들이 증오와 보복으로 증폭되는 것을 막아 냈다. 그토록 길고 잔인한 전쟁을 치룬 베트남에서 전후 보복이 믿을 수 없을 만큼 작았던 이유도, 빠르게 사회 통합을 이룰 수 있었던 이유도 바로 이 슬로건을 뒷받침하는 베트남 인들의 '신뢰의 힘'에서 찾아야 한다.

이 슬로건 아래에서 베트남은 자신들의 국토를 30여 년 동안 전쟁터로 만들었던 미국과 국교를 정상화했다. 한국을 비롯해서 미국의 편에 섰던 과거의 적들에 대해서도 이 슬로건이 지닌 설득력으로 관계를 정상화했다.

'도이머이'란 이름으로, 피로 획득한 체제를 시장경제 체제로 전환할 때도 베트남은 이 슬로건의 힘을 빌렸다.

『그대 아직 살아 있다면』이라는 장편소설로 한국에 알려진 시인 반레는 언젠가 나에게 말했다. 베트남은 강한 힘을 신뢰하는 것이 아니라 신뢰의 강한 힘을 믿는다고. 신뢰의 강한 힘을 믿지 못하는 사람은 베트남에서 결코 길을 건너지 못한다. 신뢰의 강한 힘을 믿지 못하면서 길을 건너려는 사람은 사고를 당한다.

❀ ❀ ❀

강한 힘을 신뢰하는 것이 아니라 신뢰의 강한 힘을 믿는 오래된 베트남의 정신을 베트남의 독립과 승리의 원동력으로 전환시킨 사람은 호치민이었다. 그는 자신의 삶 전체를 통해 신뢰가 무엇이며, 신뢰가 만들어 내는 힘이 얼마나 큰 것인지를 보여 준 지도자였다. 그는 자신의 사익을 위해 명분과 논리를 동원한 적이 단 한 번도 없었다.

전쟁의 참화를 피해 보려고 두 달 동안이나 프랑스와 협상에 매달렸던 호치민이 빈손으로 귀국했을 때 전쟁불사를 외치던 강경파들은 일제히 호치민을 매국노로 매도했다. 동요하는 군중들 앞에서 호치민은 조국과 인민을 배신하기보다는 죽음을 선택하겠다고 말했고, 정적들의 공세는 더 이상 먹혀들지 않았다. 그것은 호치민의 단호한 언술 때문이 아니라 그의 삶이 지닌 담보 가치가 그의 말을 보증하고도 남음이 있었기 때문이었다.

"그렇지. 호 아저씨가 우리에게 해로운 일을 할 리가 없어."

베트남 인들이 지닌 이 신뢰의 힘 앞에서 어떠한 정치적 공세도 무력할 수밖에 없었다. 호치민은 가장 힘든 전쟁 시기에도 전세를 왜곡하거나 과장하지 않았다. 전쟁의 한복판에서 젊은 인재들을 외국으로 유학 보내며 이렇게 말한 사람이었다.

"전쟁은 우리가 생각하고 있는 것보다 훨씬 오래 지속될 수 있다. 그리고 너희들의 많은 부모와 형제들이 죽어 갈 것이다."

그는 신뢰가 가장 큰 힘임을 한 번도 잊지 않았다. 그는 온 삶을 통해서 베트남에 신뢰의 신화를 구축했다. 그는 아무런 재산도, 가족도 남기지 않고 세상을 떠났다. 오직 신뢰만을 남긴 채 떠난 그를 베트남 사람들은 오늘도 '박 호(호 아저씨)' 라고 부르며 기억하고 흠모한다.

◦ ◦ ◦

자전거와 관련된 호치민의 일화 하나가 생각난다.

호치민을 주석으로 한 베트남 정부는 옛 총독부를 접수해서 사용했다. 지금도 사용하고 있고 일부는 관광객들에게 개방되고 있는데, 그 규모가 만만치 않다. 그곳에서 호치민과 함께 일하는 사람들은 내부 이동용으로 자전거를 이용했다.

자전거를 타고 가던 사람들이 호치민을 만나면 자전거에서 내려 인사를 했다. 아무리 그러지 말라고 해도 듣지를 않자 호치민은 이렇게 말했다.

"짜우(조카)들아. 너희들은 내가 사당으로 보이니? 난 이렇게 멀쩡히 살아 있는 사람이야. 그러니 앞으로는 절대로 내리지 말고 그냥 자기가 가던 길을 가야 한다."

선조들을 모시는 사당 앞을 지날 때는 자전거에서 내려 인사를 하고 가는 베트남의 풍속을 들어서 호치민은 사람들이 다시는 자전거를 타고 자기 앞을 지나다가 내리지 못하게 만들었다.

"너희들은 내 눈치를 보기 위해 이곳에 있는 사람들이 아니고 일을 하기 위해 여기에 있는 사람들이다."

방현석_ 소설가. 1988년 《실천문학》에 단편소설 「내닫는 첫발은」으로 등단했으며 2003년 『존재의 형식』으로 오영수문학상과 황순원문학상을 받았다. 산문집 『아름다운 저항』과 『랍스터를 먹는 시간』, 『슬로우 불릿』 등을 썼다.

나의 자전거 시대

— 김 진 경

나의 자전거 독학

한 아이는 어른으로 크는 동안 부모 모르게 죽을 고비를 여러 번 넘긴다. 주로 학교에서 가르치지 않는 것을 독학으로 터득하려다가 그러는 경우가 많다. 헤엄치기 종목이 대표적이다. 요즈음 아이들이야 수영도 풀장에서 정식으로 배우는 경우가 많으니까 덜할 것이다. 하지만 이전에야 어디 그랬나. 냇가나 연못에서 고개를 물속에 처박고 속 헤엄부터 배웠다. 숨이 차서 고개를 들고 서려면 발이 바닥에 닿질 않는 때도 있었다. 물을 엄청 먹으면서 허우적거리다 보면 용케 얕은 곳으로 나와 있다. 그렇게 운을 믿고 두어 번

죽을 고비를 넘기면 수영을 배우게 된다.

물론 부모님에겐 죽을 고비를 넘겼다는 말을 절대 하지 않는다. 괜히 말했다간 상당 기간 일체의 물에 대한 접근 금지령이 내려질 테니까. 그러면 수영은커녕 일체의 물놀이도 날이 새는 거니까.

자전거 독학 역시 나에겐 죽을 고비를 넘긴 종목 중 하나이다.

내가 자전거 타기를 배운 건 초등학교 5학년 때일 거다. 그때는 다리 짧은 아이들이 탈 수 있는 두발 자전거가 따로 없었다. 물론 있다고 해도 사 줄 형편도 안 되었지만 말이다. 안장 높이가 가슴께까지 오는 자전거를 가지고 올라타기를 배우는 건 거의 곡예에 가까웠다. 그 난이도로 말하자면 유목민 전사들이 말 옆구리 쪽으로 비스듬하게 매달려 활을 쏘는 기술에 비견할 만하다.

우선 왼발을 페달 위에 얹고 두 손으로 핸들을 잡고 타는 연습을 한참 해야 한다. 평평한 곳에선 오른발로 땅을 굴러 가며 탄다. 내리막에선 그냥 페달에 놓인 왼발에 몸무게를 싣고 타면 된다. 이렇게 해서 자전거의 균형 감각이 완전히 몸에 익으면 다음 단계로 안장에 올라타는 시도를 한다. 땅을 구르던 오른발로 페달 위의 축을 밟고 페달에 놓였던 왼발을 번개같이 번쩍 들어 안장에 궁둥이를 걸쳐야 한다. 자전거가 워낙 높아 넘어지면 다치기 때문에 처음엔 엄두를 내기가 어렵다.

내가 처음 안장에 올라탄 것은 대전의 병참학교 울타리 사이로 난 아스팔트 길에서였다. 왼발로 페달에 매달리어 가다가 엉겁결에 하여튼 안장에 올라타게 되었다. 거기까지는 좋았는데 다음이 문제였다. 안장이 가슴께까지 오는 자전거는 세워서 내리는 데도 상당한 기술이 필요하다. 자전거를 옆으로 자빠트리면서 발을 절묘하게 땅에 대야 한다. 처음엔 이게 잘 안 돼서 자전거와 함께 넘어지면 무릎깨나 깨 먹기 마련이다. 그래서 브레이크를 잡고 서는 게 무섭다. 게다가 이놈의 자전거는 고물이어서 브레이크도 잘 안 들었다.

병참학교 사이의 아스팔트 길은 유성 가는 큰길과 직각으로 만나는데 끝부분이 급경사였다. 게다가 큰길에는 늘 차들이 씽씽 달렸다. 그러니 그 아스팔트 길을 서는 방법도 모르면서 넘어지지 않으려고 열심히 페달을 밟는 건 죽음을 향해 페달을 밟는 거나 마찬가지였다. 짧은 시간 동안 별의별 생각들이 다 머리를 스치고 지나갔다.

이윽고 큰길이 내려다보이는 언덕바지 꼭대기에 이르렀다. 차들이 쉴 새 없이 씽씽 지나가는 게 보였다. 훈련병들의 행렬이 내리막 아래 있는 횡단보도로 들어서고 있었다. 자전거는 점점 맹렬한 속도를 내며 내리막을 달렸다. 쾅 소리와 함께 뭐와 부딪쳤는데 정신을 차리고 보니 차는 아니고 지나가던 훈련병 행렬과 부딪친 거

였다. 희한하게 자전거와 나는 멀쩡했다. 그런데 문제는 군인 아저씨가 둘이나 길바닥에 널브러져 있다는 거였다. 한 명은 좀 있다가 비실비실 일어나는데 다른 한 명은 얼굴이 하얘 가지고 눈을 감은 채 일어날 생각을 하지 않았다. 나는 가슴이 덜컥했다. 하사관이 달려와 쓰러져 있는 군인 아저씨의 몸을 주무르고 난리였다. 한참 그러고 나서야 군인 아저씨는 상체만 겨우 일으켰다.

군인 아저씨가 몸을 일으키자 나이가 든 하사관이 휙 나를 돌아보았다. 그러고는 눈을 부릅뜨고 나에게 오더니 어마어마하게 큰 손바닥으로 사정없이 내 두 뺨을 때리기 시작했다.

"너 어느 학교 다녀?"

"너 집이 어디야?"

아픈 것도 아픈 거지만 학교로 연락하거나, 집에 가자고 할까 봐 간이 콩알만 해졌다. 나는 입을 꾹 다물고 무조건 맞았다. 코피가 터졌다. 늙은 하사관은 그제야 돌아섰다.

나는 뺨에 난 손바닥 자국이 희미해질 때까지 기다리느라 컴컴힐 때야 집에 들어갔다. 물론 자전거 타다 죽을 뻔했다는 얘기는 절대 하지 않았다. 이 이야기를 하는 건 이 글이 처음인 것 같다.

아이들은 자기가 하고 싶은 일이면 혼자서 죽을 고비를 넘기면서라도 기어이 한다. 아이들에게는 그만큼 흥미와 자발성이 중요하다. 요즈음 엄마들이 아이들 공부시키는 걸 보면 아이들이 공부뿐만이 아니라 아예 어릴 때부터 인생에 질려 버릴까 걱정된다.

내가 하고 싶었던 자전거 여행, 하고 싶지 않았던 자전거 여행

예전에 초등학교 앞에서 잡상인들이 팔던 물건 중에는 불량품 연필들도 있었다. 어디가 패였거나 해서 공장에서 버리는 것을 싸게 사다가 파는 거다. 도색이 안 되고 모양이 일그러졌다 뿐이지 필기하는 데는 전혀 지장이 없다. 물건을 파는 아저씨들은 그 연필을 수십 자루 뾰족하게 깎아 골판지 상자에 팍팍 꽂으면서 신나게 떠들어 댔다. 우리는 뾰족하게 깎은 연필이 골판지에 박히는 게 재미있어 사지도 않으면서 둘러서서 오랫동안 지켜보곤 했다.

그런데 어느 날 둘째 형이 어머니와 나가더니 짐자전거에 골판지 상자를 산처럼 싣고 왔다. 불량품 연필들인데 연필 공장을 하는 아저씨에게 거의 공짜로 얻어 왔다고 했다. 나는 입이 딱 벌어졌다. 그 정도면 백 년은 쓰겠다고 했더니 그게 아니고 둘째 형이 친구와 둘이 자전거로 전국 여행을 하기로 했다는 것이다. 그 연필을 신고 다니며 초등학교 앞에서 팔면 여비는 해결이 된다는 거였다. 학교 졸업하고 군대 가기까지 비는 반년 정도의 시간을 그렇게 보내기로 한 모양이었다.

둘째 형은 한 달에 한 번쯤 집에 들렀다. 올 때마다 수많은 사진과 골판지 상자 가득 5원짜리 10원짜리 지폐를 가지고 왔다. 그때 시내버스 요금이 5원이 안 되었으니까 적은 돈은 아니었다. 1원짜리 동전은 가지고 다니기 귀찮아서 여관비나 밥값으로 준다고 했다. 아마 여관 주인이나 식당 주인은 몹시 짜증이 났을 거다.

둘째 형은 사진과 돈을 어머니에게 맡기고 또 연필이 든 골판지 상자를 가득 싣고 떠나곤 했다. 나는 나이가 어려서 다리가 짧고 학교에 다녀야 한다는 게 한스러웠다. 그렇지 않다면 무슨 수를 쓰든 짐자전거를 구해 둘째 형을 따라 나섰을 거다. 그리고 크면 반드시 불량 연필 상자를 뒤에 싣고 자전거로 전국 여행을 하리라 단단히 마음먹었다.

그러나, 어쩌랴. 내가 그럴 수 있는 나이가 되었을 땐 이미 불량 연필을 파는 강시기 없어져 버린 뒤였으니. 볼펜류도 많아지고 아이들이 다투어 고급 연필을 찾는데 어디 도색도 안 한 찌그러진 연필이 얼굴을 내밀 수 있으랴. 불량 연필 장사를 하면서 하는 전국 자전거 여행은 그래서 나의 꿈과 이상으로만 남게 되었다.

◈ ◈ ◈

우리 집 식구들에겐 아무래도 장거리 자전거 여행을 하는 무슨 유전자 같은 게 있는 모양이다. 아버지도 연세가 오십이 넘어서 장거리 자전거 여행을 하셨다. 아버지는 부여에서 좀 더 들어가는 은산면의 신설학교 교장이셨다. 그런데 기성회비를 걷으러 다니려면 자전거가 필요하다고 대전 집에 있는 자전거를 가져가셨다. 우리는 당연히 차에 싣고 갔으려니 했는데 그게 아니었다. 버스엔 실어주지 않고 그렇다고 트럭을 대절할 수도 없다고 대전에서 부여 은산까지 자전거를 타고 가셨다. 지금은 길이 좋아서 자가용으로 한 시간 반 정도면 가지만 그때는 버스로 다섯 시간 거리였다. 식구들은 모두 기겁을 했다.

그런데 이놈의 자전거가 기어이 사고를 냈다. 아버지는 그 자전거로 친히 은산면 골골을 누비며 기성회비를 걷으러 다니셨다. 시골이니까 기성회비는 돈이 아니라 쌀로 받았다. 우리 집은 술을 못 먹는 체질이다. 아버지는 돌아다니며 교장 선생님 오셨다고 풋고추를 안주로 해서 내놓는 막걸리를 어쩔 수 없이 받아 드신 모양이었다. 과로와 술이 겹쳐 학교를 다 짓고 병환으로 돌아가셨다. 의무감으로 하는 자전거 여행은 결코 할 게 못 되는 셈이다.

나의 자전거 시대가 끝나게 된 이유

내가 내 돈을 주고 새 자전거를 산 건 십 년 전쯤이 처음이다. 자전거를 배울 때부터 삼십여 년 간 줄곧 다른 식구들의 자전거를 얻어 타기만 했던 것이다. 60만 원짜리 산악자전거를 샀으니 처음 산 것 치고는 제법 사치스럽게 논 셈이다.

나는 이 자전거를 타고 운동 삼아 봉천동 고갯마루 근처에 있는 우리 집에서 신촌 사무실까지 출퇴근을 해 볼 작정이었다. 그런데 첫날부터 생각지도 못한 벽에 부딪쳤다. 신촌으로 가려면 상도터널을 지나야 하는데 상도터널에는 인도가 없다. 터널 안의 매연도 매연이지만 차들이 터널 안에서 속도를 내기 때문에 겁나서 지나갈 수가 없다. 낮에는 어떻게 지나간다고 해도 어둑한 저녁이나 밤에 거기를 지날 엄두가 나지 않다

상도터널을 지나지 않으려면 그 위의 산을 넘어야 한다. 물론 산이라야 집들로 들어차 있고 아스팔트 길도 번듯이 나 있다. 하지만

아무리 산악자전거라고 해도 출퇴근길에 산악 지형을 넘어 다닐 장사가 어디 있으랴. 한강에 놓인 다리도 마찬가지였다. 한강 인도교 정도만 비교적 안전하고 편하게 진입할 수 있고, 나머지 다리들은 아예 진입할 수 없거나 목숨을 걸고 진입하는 수밖에 없었다. 아니면 길고 긴 계단을 자전거를 들고 오르내려야만 했다.

위험하기는 시내의 길도 마찬가지였다. 인도로는 사람들이 걸려 다닐 수가 없고 천생 차도로 다녀야 하는데 차도에선 차들이 안하무인이다. 나는 첫날부터 서울의 길들이 자동차와 자동차 회사를 위한 것이지 결코 보행자나 자전거를 위한 길이 아님을 깨달았다. 서울의 길들은 자전거를 타는 사람들에겐 그 자체가 엄청난 공갈 협박이자 인권침해였다.

그래도 60만 원이나 주고 산 자전거가 아까워서 한 달 정도는 악을 쓰고 자전거로 출퇴근을 했다. 상도터널 위의 산악 지형을 넘어 지하차도의 계단을 자전거를 들고 오르락내리락하며, 한강 인도교를 지나 다시 자전거를 들고 강북 고수부지로 내려가 마포대교까지 간다. 다시 자전거를 들고 계단을 올라가 골목골목을 찾아 신촌까지 다니는데 고행도 이런 고행이 없었다. 나는 너무 화가 나서 자전거를 사무실 얻는 데 도움을 주었던 제자에게 주어 버렸다. 시장 볼 때나 타고 다니라고.

◉ ◉ ◉

그 다음엔 거금 100만 원짜리 산악자전거를 큰맘 먹고 샀다. 서울의 길들은 그 모양이니 시골길로 원정을 다니자는 야무진 꿈을 꾸었던 것이다. 첫 원정은 서울에서 충남 당진까지 갔다 오는 것이었다. 하늘 높은 가을날 단단히 준비를 하고 과천으로 가는 남태령을 넘어 출발하였다.

그런데 시골의 도로는 서울의 도로보다 훨씬 심했다. 인도란 게 아예 없는 데다가 차들이 보통 100km 가까운 속도로 달리기 때문에 차가 지나갈 때마다 자전거가 흔들흔들했다. 당진까지 가서 자고 그 다음 날 올라왔는데 몸살은 안 났지만 달려드는 차들에 히도 신경을 써서 뒷골이 땅기고 두통이 오래 갔다. 차들이 뿜어 대는 매연을 대놓고 마셔서 시골 공기는커녕 시커먼 가스를 토할 것 같았다.

그 뒤로 한강 고수부지에서 몇 번 자전거를 타다가 창고에 처박아 버렸다. 그렇게 갇힌 곳에서 왔다 갔다 하는 것은 불량 연필을 싣고 달리는 내 자전거 여행의 이상과는 너무나 거리가 멀기 때문이었다. 그렇다고 무슨 산악자전거 클럽에 가입해서 떼거리로 다니기도 싫었다. 그것 또한 내 자전거 여행의 이상과 거리가 멀기는 마찬가지다.

어느 날 처제가 창고에 오래 처박혀 있던 자전거를 가지고 갔다. 그렇게 나의 자전거 시대는 무참하게 막을 내렸다.

김진경_ 시인. 충남 당진 출생. 서울대학교 대학원 국문학과를 졸업하고 《한국문학》에 등단했다. 2006년 『고양이 학교』로 제17회 앵코립티블상을 수상했고, 지은 책으로는 『이리』, 『미래로부터의 반란』, 『슬픔의 힘』 등이 있다.

1949년 앵글

— 정성일

이렇게 말하는 것이 허락된다면 영화사에서 1949년은 '자전거의 해' 였다. 모두가 인정하는 자전거에 관한 가장 '슬픈 영화' 인 〈자전거 도둑〉과 자전거에 관한 가장 '유쾌한 영화' 〈축제의 날〉, 그리고 자전거를 타고 가는 가장 '이상한 장면' 이 등장하는 〈만춘〉이 모두 그 해에 만들어졌기 때문이다.

❀ ❀ ❀

먼저 비토리오 데 시카의 〈자전거 도둑〉.

이 영화의 무대는 전쟁이 끝난 직후 폐허가 된 로마. 거리에는

실업자들이 넘쳐나고, 도둑과 거지들이 골목을 떠돌고 있다. 이제
막 다섯 살이 된 아들 브루노와 오로지 남편만 바라보고 있는 아내
를 위해서 오늘도 안토니오는 일자리를 구하기 위해 거리로 나간
다. 그런데 우연히 거리에서 벽보 붙이는 일이 있다는 것을 알게
된다. 다만 조건은 자전거가 있어야 했다. 그래서 안토니오는 가진
것 없는 집안의 이것저것을 팔아서 자전거를 구한다.

여기까지는 가난하긴 하지만 모든 것이 행복했다. 그런데 벽에 포
스터를 붙이기 위해 잠깐 자전거를 세워 둔 사이에 어떤 놈이 재빨
리 그 자전거를 타고 줄행랑을 치는 것이 아닌가! 망연자실한 안토
니오는 이렇게 포기할 수는 없다는 생각에 자전거를 찾아 나선다.

전쟁이 끝난 다음에도 살아가야 한다는 것을 보여 주는 그 황량
한 로마의 시내. 대낮에도 일자리가 없어서 강변에 우두커니 앉아
있는 젊은이들, 믿음이 없으면서도 설교가 끝난 다음 나눠 주는 빵
한 조각을 얻기 위해 교회에 발 디딜 틈 없이 서 있는 사람들, 일거
리를 찾아 나간 부모를 기다리며 거리에서 놀다가 그만 강에 빠져
죽어 버린 아이.

하지만 안토니오와 어린 브루노는 잃어버린 자전거를 찾기 위해
눈을 크게 뜨고 모든 사람들의 자전거를 의심의 눈길로 쳐다본다.

마침내 자신의 자전거를 찾았다고 생각한 안토니오는 달려가 젊은 이의 멱살을 잡지만 그게 당신 것이라는 증거를 대라는 항변에 그의 주먹은 힘을 잃고 만다.

그렇게 실의에 찬 안토니오는 로마 축구장 앞에서 문득 꾀를 생각해 낸다. 그건 남의 자전거를 훔치는 것이다! 그러나 안토니오는 미숙한 도둑에 지나지 않았다. 그는 현장에서 붙들려 사람들에게 매를 맞는다. 이때 아버지를 찾아 경기장 앞까지 온 어린 브루노가 그 모습을 보고야 만다. 브루노는 달려가 "제발, 우리 아빠를 때리지 마세요."라고 눈물을 흘리며 애걸한다.

사람들에게 풀려난 안토니오는 브루노의 손을 잡고 말없이 거리를 걷는다. 하늘에서 비가 쏟아지기 시작한다. 안토니오는 브루노의 손을 꼬옥 쥔다. 안토니오도 울고, 브루노도 운다. 카메라가 고개를 돌리면 거리에는 수많은 실직자들이 그렇게 거리를 걷고 있다.

비토리오 데 시카는 이 영화를 말 그대로 그냥 거리에서 찍었다. 주인공 안토니오도 이 영화 속의 주인공처럼 길거리에서 일자리를 찾아 헤매는 실직자였다. 전후 이탈리아 네오리얼리즘 운동으로 알려진 이 신(新)사실주의 영화는 시작도 없고 끝도 없다. 다만 주어진 상황 안에서 자신의 실존을 깨닫는 이야기를 보여 줄 뿐이다.

자전거는 안토니오 가족의 유일한 희망이었다. 도둑맞은 자전거, 도둑맞은 희망, 그리고 그 희망을 되찾으려는 순간 도덕적 타락을 경험할 수밖에 없는 절망적인 상황 앞에서 안토니오의 슬픔은 누구의 탓인지를 질문한다. 말하자면 역사의 잘못, 전쟁의 비극.

〈자전거 도둑〉은 그래도 살아야 한다는 메시지를 더할 나위 없이 아프게 전한다. 이때 자전거는 단지 자전거가 아니다. 세상이라는 빈곤 앞에 선 양심이다. 그때 자전거는 휴머니즘의 난처한 질문과 마주하게 만든다. 우리는 도둑질이 잘못된 행위라는 것을 알고 있다. 하지만 배고픈 인간에게 양심을 들먹거려야 할 만큼 잔인해져야 하는가? 포기된 양심을 용서하는 것과 벌하는 것 중 어느 쪽이 윤리적인가? 힘든 내기. 말하자면 세상의 빈곤함으로써의 자전거.

＊ ＊ ＊

다음은 자크 타티의 유쾌한 〈축제의 날〉.

이 영화의 무대는 프랑스 남부에 자리한 작은 마을 생트 세베르이다. 생트 세베르에는 일 년에 한 번 축제가 열리는데, 이날이면 멀리서 서커스단이 찾아와 천막 극장을 열고 영화를 보여 주는 행사가 열린다. 오늘도 마을의 우편배달부 프랑수아는 자전거를 타고 신나게 달리면서 누구보다도 친절하고 정확하게 편지를 전해 준다. 게다가 사람 좋은 프랑수아는 지나가는 길에 힘든 일을 하는 이들이 있으면 함께 거들어서 짐을 나르고, 전보를 받은 이웃이 감사의 뜻으로 술잔을 권하면 기분 좋게 '원 샷'을 한 다음 비틀거리면서도 다음 사람을 위해 자전거에 오른다.

그런데 축제의 날, 천막 극장에서 〈미국식 우편배달〉이라는 영화를 본 사람들이 프랑수아를 조롱하기 시작한다. 그들이 본 영화는 미국에서는 비행기를 동원해서 낙하산을 타고 내려와 전보를 전달하고, 어디 그뿐인가, 평소에는 마치 서커스단처럼 불이 붙은 장애물을 돌파해서 편지를 전하기도 한다. 물론 이건 다 뻥(!)이나. 그냥 웃자고 만든 코미디였다.

그러나 미국에서는 진짜로 그렇게 편지를 배달한다고 믿는 마을 사람들은 짓궂은 '원 샷' 장난에 말려들어 거나하게 취한 프랑수아를 보면서 아직도 자전거를 타고 우편물을 배달하는 프랑스 우체부들을 비웃는다. 놀림을 받은 프랑수아는 너무나 자존심이 상해서 견딜 수가 없다.

하지만 이대로 물러설 수는 없다. 프랑수아는 이제 맹렬한 속도로 편지를 배달하기 시작한다. 시간을 줄이기 위해서 트럭 뒤에 매달려 자전거를 타고 달리면서 업무를 보고, 심지어 자전거 경기 중인 대열에 끼어들게 되었을 때도 그들에게 지면 안 된다는 의욕에 불타서 전속력으로 달린다. 하지만 그런 '과도한 열정'에 문제가 생기지 않을 리 없다. 시골길을 가던 암소 떼와 부딪치고, 가파른 내리막길에서 사정없이 구르고 ……. 모두가 제발 멈춰, 이젠 충분해, 라고 말해도 미국 우체부들보다 더 빨리 우편물을 전달하기 전에는 절대 멈춰서는 안 된다는 게 프랑수아의 믿음이다.

하지만 그게 될 리가 없다. 그건 그저 활동사진에 지나지 않는 쇼가 아닌가! 결국 좌절한 프랑수아는 자신은 우편배달을 할 자격이 없다는 생각에 우울한 자책감을 갖는다. 그때 동네에서 가장 나이 많은 할머니가 프랑수아에게 따뜻한 한마디를 건넨다.

"좋은 소식은 얼마든지 기다릴 수 있다우. 그리고 그런 편지는 당신처럼 따뜻한 사람이 필요한 법이지."

그때서야 프랑수아의 얼굴에 미소가 떠오른다. 그리고 모든 것이 예전으로 돌아간다. 축제는 끝나고, 천막 극장은 막을 내리고, 프랑수아는 편지를 배달한다. 내년에는 또 어떤 영화를 할까?

자크 타티는 전후 프랑스 영화에 불현듯 나타난 희극배우이자, 영화감독이자, 위대한 예술가였다. 그는 원래 무대에서 팬터마임을 했으나, 자기의 시대가 끝나자 영화에 관심을 기울였다. 그러나 그의 역할은 사실 영화에서도 이미 끝난 다음이었다. 왜냐하면 이제 더 이상 찰리 채플린, 버스터 키튼, 맥 세네트, 마르크스 형제의 시대가 아니었기 때문이다. 자크 타티는 말 그대로 너무 늦게 영화에 도착한 것이다.

그때 자크 타티는 발상의 전환을 시도한다. 만일 토키 영화(발성영화) 시대에 무성 영화의 야단법석(slapstick) 코미디를 하면 그 자체로 하나의 미학이 될 수 있지 않을까? 그는 활동사진 초창기의 액션 활극을 방불케 하는 익살과 토키 영화가 주는 정겨운 대화를 자신의 영화 안에 마법처럼 끌어들였다. 그런 다음 그 안에서 훗날 영화 비평가들이 '타티-월드(Tati-Monde)'라고 부른 자신만의 세계를 창조했다. 여기서 타티는 채플린의 위대한 마임을 재현해 내는 동시에 사운드의 새로운 풍경을 펼친다.

특히 타티는 이 영화에서 이제 막 시작된 자동차의 시대를 비웃기라도 하듯 자전거로 우편배달을 하면서 그 안에서 행복한 의무에 모든 것을 건 남자 프랑수아라는 인물을 통해 한편으로는 시대에 뒤떨어졌지만 다른 한편으로는 그 시대를 허겁지겁 뒤따라가는 행위라는 것이 사실상 얼마나 중요한 것을 놓칠 수도 있는지 우스꽝스러운 따뜻함으로 그려 낸다.

그걸 그려 내기 위해서 타티는 아무도 생각하지 못한 방식으로 자전거를 찍는다. 이 영화에서 자동차들은 요란스럽게 빵빵거리며 거리를 달려간다. 사람들을 놀라게 만들고, 그 곁을 으스대면서 요란스럽게 지나간다. 그건 소란스럽고 무서운 존재이다.

그런데 반대로 자전거가 등장하는 장면에서는 자전거의 사운드가 갑자기 사라져 버린다. 소리가 따라오지 않는 자전거. 그 순간 화면에는 마법이 펼쳐진다. 자전거는 마치 중력으로부터 자유로운 것처럼, 공기의 무게로부터 풀려난 것처럼, 혹은 천상을 날아가는 깃털처럼 가볍게 보인다. 그렇게 자유로워진 자전거는 프랑수아의 마음의 속도가 된다. 말하자면 세상의 유머이자 남을 배려하는 마음을 전달하는 따뜻한 걸음걸이로서의 자전거.

✽　✽　✽

세 번째는 오즈 야스지로의 〈만춘〉.

이 영화가 신기하게 여겨지는 것은 1949년에 만들어졌지만 어디에도 전쟁에 패한 일본의 그림자는 없다는 것이다. 그저 여기에는 일본의 정원과도 같은 조용한 일상만이 있을 뿐이다.

결혼 적령기를 넘긴 노리코는 대학교에서 강의를 하는 아버지와 살고 있다. 아버지가 집에서 번역한 원고를 동경의 출판사에 전해 주는 거의 변화 없는 삶이 계속될 뿐이다. 그러던 어느 날 아버지의 친구들이 그에게 충고한다.

"자네가 세상을 떠난 다음에는 누가 자네의 딸을 돌보겠나? 딸은 하녀가 아니야. 만일 더 세월이 지나면 자네 딸은 노처녀가 되어 버릴 걸세."

눈을 돌려 주변을 보니 자기에게는 아직도 어린 딸이지만 딸의 친구들은 벌써 대부분 시집을 갔고 심지어 이혼한 친구도 있다는 것을 알게 된다. 아버지는 번역을 도와주고 있는 제자 가츠요치와 딸을 맺어 줘야겠다고 생각한다.

그러나 어쩌랴! 딸은 결혼할 생각이 없고, 가츠요치에게는 다른 애인이 있다. 사실 딸이 결혼을 안 하려는 가장 큰 이유는 어머니도 없는데 자신이 시집을 가 버리면 늙은 아버지를 돌볼 사람이 없다고 생각하기 때문이다. 그래도 노리코는 아버지가 권유한 남자와 데이트를 한다.

이때 이상한 자전거 장면이 등장한다. 우선 세 가지 장면을 먼저 생각해 보자. 걸어가는 데이트와 자전거를 탄 데이트, 그리고 자동차를 타고 가는 데이트.

걸어가는 데이트는 두 사람이 걸어가다가 마음대로 방향을 바꿀 수 있으며, 언제든지 멈출 수도 있다. 또 대화를 나누기에 적당한 속도를 결정할 수 있으며, 그런 다음 충분히 고백할 수도 있다. 하지만 데이트를 하면서 걸을 수 있는 거리는 그렇게 길지 않다. 그들은 자신들이 결정한 장소를 맴돌거나 아니면 거기서 거기까지만 걸을 것이다.

반면 자동차는 그 둘을 아주 멀리까지 데려갈 수 있다. 그러나 결코 상대와 마주 보며 이야기할 수 있는 시간을 갖지는 못할 것이다. 항상 한쪽은 앞을 보아야 한다. 사실 자동차로 하는 데이트는 가장 답답한 데이트이다. 둘은 같은 장소가 아니라 자동차라는 같은 공간에 있어야 한다. 말하자면 자동차 데이트는 장소로부터 공간으로 데이트를 좁혀 놓는다. 게다가 자동차 데이트는 결정적으로 운전을 하는 쪽이 데이트의 주도권을 갖게 된다는 더욱 복잡한 문제가 제기된다. 프랑스 사회학자 피에르 부르디외는 이 문제를 좀 더 밀고 나가서 그것이 (이를테면) 마티즈인지, BMW인지에 따라서 결정되는 계급-취향의 문제를 끌어들였다. 하지만 여기서 그 문제를 다루려는 것은 아니다.

〈만춘〉에서는 자전거를 타고 데이트를 한다. 두 사람은 같은 길을 같은 방향으로 갈 수밖에 없다. 그것은 걸어가는 데이트, 혹은 자동차를 타고 가는 데이트와 결정적으로 다른 것이다. 둘은 같은 방향을 보고 같은 쪽을 향해 달려가면서 서로 대화를 나눈다.

그런데 오즈는 두 사람이 자전거를 타며 나누는 대화를 마치 그들이 멈춰 서서 방 안에 앉아 대화를 하듯이 찍었다. 우선 오즈는 카메라와 두 사람 사이에 적당한 거리를 둠으로써 그들이 같은 방향으로 가고 있다는 것을 보여 주는 것이 아니라, 가까이 다가간 다음 그들의 상반신만을 카메라로 잡는 방식으로 두 사람의 대화를 진행시킨다. 그때 화면에는 그들의 상반신만 나오기 때문에 두 사람의 자전거가 보이지 않는다. 그런 다음 두 사람의 대화를 따라 가면서 한 사람의 얼굴만 보여 준다. 두 사람을 절대로 한 프레임에 동시에 보여 주지 않는 것이다. 그래서 그 두 사람이 각자의 대화를 할 때 마치 서로 마주 보면서 대화를 나누는 것처럼 진행된다. 그럼으로써 이 대화는 방 안에서 하건 야외에서 하건 같은 방식일 수밖에 없다는 것을 보여 준다.

하지만 우리는 알고 있다. 그들은 지금 자전거를 타고 가는 중이며, 서로를 보는 대신 각자의 자전거에 타서 각자의 방향을 보고 있는 중이라는 사실을. 그때 두 사람은 결혼에 이르기는 하겠지만 결국 각자의 인생의 길을 따라가게 될 것이라는 것을 보여 준다. 자전거란 각자의 삶을 보여 주는 것이다. 그들이 같은 길을 간다 할지라도 고독하게 각자의 삶의 방식으로 살 수밖에 없다는 것. 말하자면 그들은 그들 각자의 자전거를 타고 살아가야 한다.

❀ ❀ ❀

세 대의 자전거. 실존으로서의 자전거, 마음을 전달하는 유머로서의 자전거, 그리고 결국은 고독한 자기의 삶을 선택할 수밖에 없는 자전거. 1949년 영화는 자전거를 통해 서로 다른 색깔의 휴머니즘을 말하고 있었다. 2006년 지금, 당신의 삶에서 자전거는 당신에게 어떤 메시지를 보내고 있습니까?

정성일_ 영화평론가. 서울에서 태어나고 자라다. 『임권택이 임권택을 말하다 1, 2』, 『김기덕—야생 혹은 속죄양』 등을 썼다.

낭만적이지만은 않은 순례

— 박 찬 석

현충일이 되었다.

복잡한 생각은 접어 두고 자전거를 타고 마음껏 돌아다니고 싶었다. 나는 가끔 감정이 있는 인간보다 무생물인 자전거가 더 따뜻하고 다정스럽게 느껴진다. 생명이 없는 자전거는 말이 없지만 조심하지 않고 함부로 다루면 주인을 다치게 하고 고장을 일으킨다. 험한 길을 가면 터덕거리고, 가파른 경사는 가지 않으려 하고, 급하게 핸들을 꺾으면 넘어지고 만다. 좋은 길로 인도하면 속력도 나고 안전하게 잘 간다.

문득 자전거를 국민에 비유해 본다. 국민의 목소리를 이해하고 잘 운영하면 국민은 정치인을 신뢰한다. 그러나 국민을 함부로 알고 경거망동하면 곧 그 대가를 치러야 하지 않는가.

＊ ＊ ＊

부산 동래에서 서울까지는 400km, 천 리 길이다. 조선 시대에는 파발 제도가 있었다. 중앙과 지방의 통신을 위해 봉수 제도를 두었지만, 언어나 문자를 전할 수 없는 한계 때문에 임진왜란 이후에는 말과 사람을 이용하는 파발 제도가 주로 사용되었다. 파발은 보발꾼이 직접 걸어가서 공문을 전하는 보발(步撥)과 말을 타고 전하는 기발(騎撥)로 나뉘는데 기발은 한 마리의 말이 계속해서 달릴 수가 없으므로 역참에 말을 비치하여 바꾸어 타고 달렸다. 25리마다 참이 있고 경기도 광주에서 경상도 동래까지 담당하는 남발(南撥)에는 34참이 있었다. 조선 시대 파발마로는 사흘이면 한양에 도착했다.

내 다리로 천 리를 자전거로 달리자면 이틀로는 무리고 사흘이면 충분히 주행힐 수 있을 것 같았다.

자전거가 스포츠로 이용되면서 서울-부산, 서울-속초, 서울-목포까지 자전거로 하루 만에 주행하는 마니아들도 있다. 나는 그 정도는 못 되고 편도 25km 거리를 출퇴근하는 정도다. 그러나 나라고 자전거로 부산까지 못 갈 일이 있겠나? 남들이 시속 20km로 간다면 시속 10km로 가면 되고, 주행할 형편이 못 되면 버스를 타면 되고, 배고프면 음식점에 들러 사 먹고 가면 될 일이다.

현충일 기념 자전거 순례

현충일을 기념하기 위해 서울에서 대전까지 165km를 자전거로 갈 계획을 세웠다.

6월 6일 아침 6시에 여의도에서 출발할 예정으로 준비를 했다. 그런데 자전거 여행 전문가 '퀸사이클' 동호회원 세 명이 소문을 듣고 찾아왔다. 내일 동행을 해도 되겠느냐고 했다. 고마운 일이긴 하지만 나를 위해서는 전혀 그럴 필요가 없었다. 솔직히 말해서 나는 혼자 가고 싶었다. 팀의 대열을 맞출 필요 없이 내 스피드를 유지하면서 쉬고 싶으면 쉬고, 타고 싶으면 타는 자유 여행을 하고 싶었다.

그러나 나를 염려해서 동행을 하겠다고 주장하는 호의를 거절할 수 없어 함께 가기로 했다. 예상했던 대로 주행이 시작되니 내가

'퀸사이클'을 따라가는 격이 되었다.

낭만적으로 상상했던 서울에서 평택까지의 길은 그야말로 '지옥길'이었다. 1번 국도의 자동차들은 약자인 자전거를 조금도 배려하지 않았다. 오히려 도로 교통에 방해자로 여기고 달리는 자전거 쪽으로 위협적으로 근접해 무력시위를 하는 차량도 적지 않았다.

서울의 승용차 탑승자를 조사해 보면 85%가 혼자 타고 다닌다고 한다. 1톤이나 되는 자동차에도 한 사람, 10kg짜리 자전거에도 한 사람이 타고 다니는 것이다.

자동차는 도로에 교통 체증을 일으키고, 우리나라에서는 생산되지 않는 석유 자원을 소비함으로써 외화를 낭비하고, 엄청난 이산화탄소를 방출해 지구 기온을 상승시켜 자연 재해를 유발한다. 서울 내 기오염의 75%가 자동차 배기가스 때문이라 한다. 그러므로 자전거를 타고 출퇴근하는 것은 지역 사회와 국가와 지구를 위해 기여하는 일이다. 자동차는 공해의 주인공이고 자전거는 공익의 주인공이지 않은가. 그런데 어찌 자동차 운전자들이 자전거 타는 애국자를 무시할 수 있단 말인가? 참으로 분한 일이다.

서울-수원-평택으로 연결되는 1번 국도를 낭만의 길로만 생각했던 나로서는 이만저만 실망이 아니었다. 배기가스를 있는 대로 내뿜으며 쌩쌩 달리는 자동차와 먼지가 쌓인 추잡한 도로에 지나지 않았다. "기록을 위해 이 길을 택한 것이지 자전거 여행을 할 길은 아닙니다."라던 지인의 충고가 이해가 되었다. 아름다운 서울의 근교를 감상할 수 없는 한마디로 지옥 길이다.

※ ※ ※

평택을 지나자 자동차 수가 줄어들면서 경기평야의 평화로운 농촌과 아름다운 자연 경관이 눈에 들어왔다. 초여름 볕은 덥기는 했지만 자전거를 달리는 동안은 시원했다.

무리를 지어 하는 자전거 여행은 장단점이 있다. 장점을 꼽자면, 먼저 노련한 안내자가 있어 길을 물을 필요 없이 따라가면 된다는 것이다. 또 여러 대의 자전거가 일렬로 주행하면 복잡한 도시를 빠져나오는 데도 도움이 되고, 자동차가 주의를 해서 지나가기 때문에 혼자 달릴 때보다 훨씬 안전하다. 자전거에 문제(펑크, 찰과상)가 생기더라도 전문가가 손을 봐 주고, 정한 시간에 맞춰 주행과 휴식을 취하므로 규칙적인 여행을 할 수 있어 대체로 정확한 시간에 목적지까지 도착할 수 있다.

반면 단체로 여행을 하면 통제를 받아야 하기 때문에 자기 마음대로 할 수가 없다. 달리고 싶을 때 달리고, 쉬고 싶을 때 쉬고, 먹고 싶을 때 먹고, 구경하고 싶을 때 구경하는 여행의 본질적인 재미가 반감한다. 대신 혼자서 여행하는 것은 그만큼 위험이 따른다.

서울에서 평택까지의 지옥 길에 비하자면 평택에서 대전까지는 그야말로 아름다운 천국 길이었다. 초여름 들판에는 벼가 새파랗게 자라고 있고, 띄엄띄엄 농촌의 전경이 펼쳐졌다. 자동차나 기차를 타고 가면 그냥 지나쳐 버릴 도로 주변의 경관을 감상하면서 주행했다.

오르막을 즐기는 건 내리막이 기다리고 있기 때문이다

생각의 차이이긴 하지만, 나는 오르막을 즐긴다. 오르막은 비록 힘들긴 하지만 반드시 내리막이 있기 때문이다. 내리막에서의 자전거의 위력은 스스로 회전하는 수레라는 자전거의 말뜻을 제대로 반영한다. 바퀴의 원리를 가장 잘 이용한 자전거는 내리막이라야 그 본성이 잘 나타난다.

대구-왜관 사이에는 '신동재'라는 큰 고개가 있다. 신동재를 오르는 데 4km, 내려오는 데 4km, 이십 리 길이다. 십 리 길 가파른

재를 자전거로 오르자면 힘이 들지만 내려올 때는 너무나 신이 나서 '신동재 자전거 타고 내려올 때는 칠곡 군수 안 부럽다' 는 말이 있을 정도이다. 땀이 범벅이 되어 정점에 도달한 뒤 내리막을 달리며 바람으로 땀을 식히는 기분은 자전거를 타 본 사람만이 알 수 있는 그야말로 상쾌함 그 자체이다.

자전거는 차를 타면 모르고 그냥 지나칠 얕은 오르막도 알아차리고 미세한 내리막도 감지한다. 발로 걸어도 자전거만큼 오르막과 내리막을 정확하게 식별할 수 없다. 페달을 밟지 않아도 가면 내리막이다. 그것이 자전거의 특징이다.

오후부터 재를 오르기 시작했다. 힘겨운 자기와의 싸움이 시작된 것이다. 나는 평균 주행 속도인 17km보다 낮춰 14km의 속도로 페이스를 유지하면서 앞만 보고 페달을 밟았다. 땀이 팥죽처럼 흘렀다. 이때는 경치도 주변도 보이지 않는다. 아무런 생각도 할 수 없다. 현충일이고 광복절이고 생각할 수 없다. 내 심장 뛰는 소리에 맞춰 쉬지 않고 페달을 밟는 것이다.

자세를 낮추지 않고서는 자전거를 탈 수 없다. 그래서 자전거 타기는 사람을 겸손하게 하고 자세를 낮추게 만든다. 오만하고 거만한 정신을 싹 걷어 간다. 또 자전거를 타면 서로를 위하고 아끼게

된다. 자전거를 탄 사람은 누구나 친구가 된다. 바나나 하나, 물 한 모금을 나눠 마시면서도 좋아서 웃는다. 쉬는 자리는 도로가든 논두렁이든 편하고 좋다. 언제나 웃음꽃이 핀다.

인간은 이렇게 순수하고 좋은데, 자동차를 타면 같은 사람도 악하게 변한다. 편리한 자동차를 타면 싸우지 않아도 될 법 한데, 서로 앞질러 가려고 삿대질을 하고, 빨리 가지 않는다고 경적을 울리고, 행여 접촉 사고라도 나면 죽일 듯 싸운다.

그래서 평화 운동가들은 자전거 타기를 권유한다. 우리는 금세 친한 친구가 되었다. 그리고 목적지인 유성 온천까지 내리막길 20km를 내달렸다.

유성에 도착한 시간은 저녁 6시. 꼬박 12시간 만에 서울서 대전까지 완주한 것이다. 드디어 해냈다! 아마추어 마라토너들이 완주하고 난 기분이 이럴 것이다. 선수들이 2시간 10분에 주파하는 거리를 5시간씩이나 달리는 데도 굳이 완주를 하고 싶은 것은 '해냈다'는 기분 때문일 것이다. 예순일곱 살의 나이, 전철역에서 공짜 표를 받고 노인/장애인석에 앉아야 할 내가 165km의 장정을 자전거로 달린 것이다. 아무도 내가 해낸 일을 알아주는 사람은 없었지만 저절로 즐겁고 자부심이 생겨서 연신 흐뭇한 웃음이 나왔다.

그날, 나는 정복 차림으로 국립묘지에 가서 묵념하는 대신에 종일 자전거를 탔다. 자전거로 달리며 온몸으로 느낀 우리 조국의 아름다운 풍경과 바람, 그리고 이 산하를 지키기 위해 피 흘려 돌아가신 열사들의 숭고한 정신에 다시 한 번 고개를 숙인다. 자전거라야 이 조국을 더 풍요롭고 더 맑게 지킬 수 있을 것이라는 확신을 했다.

   2006년 현충일은 나에게는 특별한 현충일이었다.

박찬석_ 경남 산청 출생. 경북대학교 대학원 지리학과를 졸업하고 미국 하와이대학교에서 도시 및 지역체계를 전공했다. 경북대학교 총장을 역임했으며 현재 국회의원을 지내고 있다.

자전거의 꿈

은빛 유혹

— 공 선 옥

나는 자전거를 못 탄다. 고등학교 때 체육 시간에 자전거 타기 시험이 있었다. 나는 당연히 실격. 그 대신 잘 걷고 자동차 운전도 할 줄 안다. 그러나 차가 없는 지금은 걷거나 (워낙에 잘 걸으니까!) 대중교통을 이용해 이동한다.

나는 자전거는 탈 줄을 모르고 오토바이는 운전을 할 줄 모른다. 말하자면 바퀴가 둘 달린 물건하고는 영 친하질 못한 셈이다. 그런데 자전거는 못 타도 밉질 않은데 오토바이는 감정적으로 싫다. 시끄러워서 싫고, 매연이 나와서 싫고, 안하무인에 폭력적이어서 싫다. 무엇보다 내가 운전할 줄 몰라서 더 밉다(너무 감정적인가?).

한때 (시골 살 때) 조그만 티코 차를 운전한 적이 있다. 나는 그것으로 시장도 보고 아이들 등하교도 도왔다. 그러다가 도시로 이사를 하고 나서 그 자동차부터 없앴다. 도시는 버스도 많고 택시도 많아 굳이 자동차를 지니고 있을 필요성이 느껴지지 않았다. 시골 생활 하면서 긁히고 찌그러진 자동차를 폐차장에 직접 몰고 가 폐차시키고 걸어서 시내로 들어와 버스를 타고 집으로 왔다.

나는 지금도 그때의 홀가분함을 잊지 못한다. 내 발바닥이 땅을 딛고 내 다리가 그 땅을 받치고 내 몸이 스스로 움직여서 나를 앞으로 밀고 나아가고 있구나. 나는 아무것에도 의존하지 않고 오직 내 한 몸을 움직여 거칠 것도 없고 불안감도 없이 무엇보다 돈 한 푼 안 들이고 내 가고자 하는 방향으로 나아가고 있음이 스스로에게 고마웠다. 그리고 뜨거운 햇볕이 내리쬐는 것도 아랑곳없이 (그러니까, 그 어떤 것에도 의지하거나 원망하는 법 없이) 그처럼 씩씩하게 걸을 수 있는 것이 스스로에게 자랑스러웠다.

나는 살아가는 태도 내지는 방식 중에 정직이 으뜸이라고 생각한다. 정직하게 살려면 무엇보다 돈 안 들어가는 삶, 돈 많이 안 들어가도 유지되는 삶을 살아야 한다. 돈이 많이 들어가는 삶을 살아가거나, 그런 삶을 좇는 것은 정직한 삶과는 반대로 가는 지름길이다.

오토바이나 자동차나 비행기를 타면 돈이 들어간다. 그러나 걷거나 자전거를 타는 것은 돈이 안 들어간다. 내가 걷는 것을 좋아하는 것은 돈이 안 들어가기 때문이다. 돈 안 들어가는 정직한 삶을 살아가고 싶기 때문이다. 그래서 앞으로도 자동차는 사지 않고 되도록 걷거나 버스만 타려고 한다.

걸으려면 손에 짐이 많지 않아야 한다. 손에 짐이 많으면 걸을 것도 버스를 타게 되고 버스 탈 것도 택시를 타게 된다. 그래서 나는 '손에 들고 걸어가도 좋을 만큼만 구매하기' 정신을 잊지 않으려고 늘 노력한다. 될수록 적게 구매하는 삶, 될수록 급하지 않은 느린 삶. 그러니까 결국 어떤 방식으로 혹은 무엇의 도움을 받아 이동할 것이냐의 문제는 어떤 삶의 방식을 택할 것이냐 하는 근본 문제에 가 닿는다.

손에 들고 걸어가도 좋을 만큼만 들고 걸어 다니다 보면 가끔 자전거에 싣고 가기 딱 좋을 만큼만 사서 짐칸에 싣고 날렵하게 달려가는 사람들이 보인다. 그럴 때면 나도 자전거를 배우고 싶은 마음이 저절로 생기곤 한다. 아, 왜 나는 자전거를 못 탈까.

자전거를 타고 싶다. 정말이지 자전거 타기는 내 마지막 꿈에 버금가는 것이다. 내 언제쯤 자랑스럽게, 거칠 것 없이 시끄럽지도 않고 폭력적이지도 않으며 겸손하고 매연도 없고 일단 살 때만 돈이 들지 그 뒤부터는 돈이 거의 안 드는 자전거를 탈 수 있을까.

　내가 기억하는 자전거 탄 아름다운 모습은 배우 이영애다. 화장품 선전을 하면서 긴 생머리와 하얀 원피스 자락을 바람에 휘날리며 자전거를 타고 달리는 모습을 보고 남성도 아닌 내 가슴이 다

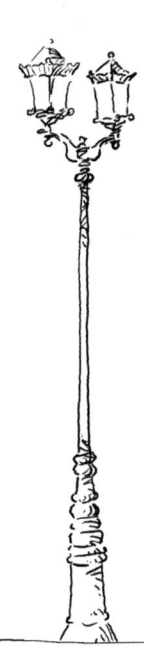

설렜다. 내 비록 이영애처럼 미인은 아니지만, 이영애처럼 한번 긴 생머리와 하얀 원피스를 입고 달려가 보고 싶었다.

　사람이 그렇다. 자기에게 없는 것, 자기가 못하는 것은 늘 꿈에 나타난다. 가령 돼지저금통을 한 번도 묵직하게 채워 보지 못해서였는지 천지 사방에 빛나는 동전 더미가 와르르, 내가 가는 길마다 금빛 은빛 주화가 번쩍번쩍하는 꿈을 여러 번 꾸었었다. 자전거 꿈

도 마찬가지다. 고등학교 때 자전거 시험에서 실격을 당한 뒤 꾸었던 미루나무 우거진 신작로를 자전거 타고 달리는 그 꿈을 나는 아직도 잊지 못하고 있다.

꿈속에서 나는 자전거를 타고 고향 마을 신작로를 그야말로 구름에 달 가듯이 달려가고 있었다. 현실에서처럼 꿈속에서도 신작로 양쪽엔 줄 지어 심어진 미루나무가 울창했었다. 나는 미루나무 울창한 그 신작로를 자전거 때릉거리며 달려가고 있다. 기차역에 곧 도착하는 친구를 마중하러 가는 길이었다. 나와 가장 친하게 지냈던 친구가 서울로 이사를 갔는데 그 친구를 마중하러 그렇게 자전거를 타고 숨이 턱에 닿게 달려가고 있었던 것이다. 인생을 살면서 이상하게 어떤 시기에 꾸었던 꿈은 잊혀지지가 않는다. 내가 자전거를 탈 줄 알게 되었다면, 그 꿈을 아직도 기억하고 있을까. 아마 그렇지는 않았을 것이다.

내 친구는 실제로 저를 찾아온 펜팔 친구(그것도 남자)를 마중하러 그렇게 내가 꿈에도 그려 마지않던 생머리에 원피스 입고 신작로를 달려갔었다. 물론 가다가 타이어에 펑크가 나서 올 때는 십 리가 넘는 길을 터벅터벅 자전거 끌고 걸어왔다지만.

* * *

　나는 소설가 김훈처럼 저물어 오는 겨울 산을 넘고 일산에서 목
포까지 가고 차가 씽씽 달리는 전군(전주 군산간) 가도를 달리는 것을
꿈꾸진 않는다. 우리나라 길은 대부분이 찻길이라서 자전거 타기
는 실로 위험하기 때문이다. 도시 길들은 그래도 사람 길과 찻길이
구분이 되어 있고 더러 자전거 전용 도로도 나 있지만 시골 길들은
죄다 찻길뿐이다. 우리나라 시골에는 젊은 사람보다 노인들이 많
이 산다. 노인들이니 차가 없는 사람이 많다. 그 노인들이 차가 씽
씽 달리는 길(예전의 신작로에 사람은 안중에도 없이 차 다니기만 좋으라고 아스팔
트 포장을 한)을 위태위태하게 길 가장자리로, 가장자리로 죄지은 것
없는 죄인처럼 몸을 잔뜩 옹송그리고 걸어 다닌다. 지난겨울 눈 내
리는 밤에도 나의 지인 한 사람이 그렇게 찻길을 걸어가다가 사고
를 당해 이 세상 사람이 아니게 되어 버렸다. 그런 길을 자전거로
달릴 마음은 아무래도 생기질 않는다.

　이 나라 사람들은 언젠가부터 찻길만 번듯하게 내면 그것이 누
구한테나 이롭고 좋은 것인 줄 알았다. 그러나 그것은 자동차 회사
와 차를 가진 사람한테나 해당되는 것이다. 그런데도 길이란 길은
죄다 차 다니기만 좋게 만들어 놓으니 그냥 걸어 다녀도 괜찮은 사

람들, 자전거 타고 다녀도 하등 불편을 느끼지 않던 사람들이 할 수 없이 자동차를 사야만 했던 것인지도 모른다.

사람 길과 자전거 길을 고려하지 않는 것은 부당하다. 걷는 사람과 걸을 의사가 있는 사람, 자전거를 타는 사람과 차만 다니기 좋은 길만 아니라면 충분히 자전거를 탈 의사가 있는 사람들에 대한 인권침해다. 이제부터는 길을 낼 때 사람 길과 찻길과 자전거 길을 동시에 냈으면 좋겠다. 나도 본격적으로 자전거 타기를 연습할 것이다.

내가 자전거를 탈 수 있다면 (사람 길과 자전거 길과 찻길이 나란히 놓아져 있다는 전제 하에) 나는 맨 먼저, 그 자전거를 타고 시장으로 갈 것이다 (결코 백화점이나 대형마트가 아닌). 그리고 텔레비전 광고에 나오는 것처럼 자전거 앞에 달린 짐칸에 종이 봉지 속에 든 자루 바케트가 아닌 감자 몇 알, 양파 몇 알, 파 한 단을 사 가지고 오겠다.

그 다음으로 가고 싶은 곳은 도서관이다. 나는 내 친구 신현림 시인이 아이는 앞에 태우고 뒤 짐칸에는 책을 싣고 집에서 가까운 대학도서관을 왔다 갔다 한다는 소식을 들었다. 신현림 시인, 정말 멋지다. 그러고 보니 긴 생머리가 아니고 커트머리지만, 하얀 원피스가 아니라 청바지지만, 아리따운 아가씨가 아니라 애엄마지만 그래도 이영애보다 멋지다. 나는 우리나라 모든 아줌마들이 신현림처럼 이영애보다 아름다울 수 있다고 생각한다. 자전거를 타고 시장을 보고, 자전거를 타고 아이와 함께 도서관을 가는 아줌마들이라면.

내 나이 오십쯤 되면 이 나라 모든 길이 자전거 타기도 좋은 길이 되어 나 또한 오십 줄에 드디어, 긴 생머리에 흰 원피스 입고 달려 볼 수 있으려나. 생머리에 원피스 아니면 또 어떠랴. 한복 거듬치마 질끈 동여매고 달려도 멋지고 신날 것인데. 그쯤 되면 또 모르지. 흰머리 날리며 은빛 바퀴 달려가는 내 모습 보고 반할 아저씨가 있을지도.

공선옥 _ 1991년 《창작과비평》을 통해 등단했다. 소설집으로 『피어라 수선화』, 『내 생의 알리바이』, 『멋진 한세상』이 있고 장편소설로는 『오지리에 두고 온 서른 살』, 『붉은 포대기』, 『수수밭으로 오세요』 등이 있다.

녹색 미래

— 이 치 범

'자전거'의 의미를 국어사전에서 찾아보면 '사람이 올라타고 두 발로 페달을 밟아 바퀴를 돌리면서 앞으로 나아가게 만든 것'이라고 친절하게(?) 설명되어 있다. 세상 모든 사물과 현상이 다 그렇겠지만 '자전거'라는 단어는 사전에 표기되어 있는 단순한 의미만이 아닌 무수한 뒷이야기와 함께 그에 상응하는 다중의 의미와 가치를 지니고 있다.

사실, 인류가 바퀴를 이용해 생활에 편익을 가져온 것은 기원전의 일이지만 지금과 같은 자전거는 19세기가 되어서야 나타났다. 1818년 독일의 칼 바론 폰 드라이스가 발명하여 자신의 이름을 따명명한 자전거 '드라이제(Draise)'는 현재의 자전거와는 거리가 멀지만, 최고 속도가 15km에 이르렀다고 한다. 그 후 1839년 스코틀랜드의 맥밀란이 자전거의 동력 장치인 페달과 크랭크를 개발하였고, 1885년에 이르러서야 비로소 영국의 제임스 스탈레이가 앞뒤 바퀴의 크기가 같고 체인으로 구동하는 현대형 자전거를 개발한 것으로 알려져 있다. 그 후 자전거는 발전에 발전을 거듭하여 오늘날의 자전거에 이르게 되었다.

※ ※ ※

오늘날의 자전거는 단순한 이동 수단일 뿐만 아니라, 웰빙 문화의 급속한 확산을 타고 건강과 레저 활동의 도구로 이용되며, 그이용에 따라서는 심각한 교통난 해소와 에너지 절감, 환경 개선의 열쇠가 될 수 있다. 따라서 환경부를 비롯한 건설교통부, 산업자원부…… 등 정부 부처에서 효율적인 자전거 이용 방안만 연구해도 주요 정책의 성공을 보장받을 수 있게 될 것이다.

잘 아는 바와 같이 우리나라 대도시 대기오염의 주범은 1,500만 대에 달하는 자동차가 내뿜는 배출가스이다. 연간 약 170만 톤에 이르는 자동차 배출가스에는 호흡기 질환을 유발하는 미세 먼지와 오존 생성의 원인이 되는 질소산화물 등 인체에 유해한 물질들이 다량 함유되어 있다. 더욱이 우리나라의 도로 1km당 자동차 수는 154대로 일본의 2배, 미국의 10배에 달하고 있어 국민들이 자동차 매연으로 인하여 느끼는 체감 오염도는 더욱 심각한 상황이다.

이렇게 심각한 대기오염 문제를 해결하기 위해서는 자동차 이용을 줄이고 대체 교통수단을 적극적으로 활용하는 것이 무엇보다 절실히 요구되는데, 특히 자전거가 바람직한 대안의 하나로 대두되고 있다. 자전거 이용이 늘어날 경우 자동차 운행이 줄어들어 대기질 개선이 이루어지는 것은 물론, 자동차 운송의 10%만 분담이 되어도 연간 1조 8900억 원에 달하는 에너지 절약 효과가 있다.

또한, 자동차 주행속도는 시간당 20.6km에서 30.6km로 50% 정도가 높아져 도시 교통 정체를 상당 부분 해소할 수 있다. 게다가 국민의 건강 증진과 근검절약하는 사회 분위기를 조성하는 데에도 기여할 수 있으니 1석 4조, 1석 5조의 효과를 거둘 수 있는 최선의 정책이라 할 수 있지 않은가!

※ ※ ※

외국의 예를 들어보자. 우리나라에서 자전거는 아직 '레저용'에 머무는 경우가 많지만, 외국의 도시, 특히 유럽은 자전거의 전체 교통 분담률이 25~40%를 넘는 도시가 많다. 네덜란드의 그로닝겐 시가 50%, 델프트 시가 43%, 독일의 에를랑겐 시가 26%, 덴마크의 오덴스 시가 25%에 이른다.

유럽에서 특히 자전거 이용률이 높은 국가인 네덜란드의 암스테르담 시는 인구 100만 명가량의 도시로 구시가지 전역에 운하가 흐르고 있어 도로 여건이 매우 열악한 형편이다. 암스테르담 시는 1980년대부터 주차장을 보행 광장으로 조성하고 간선 도로의 대부분을 자전거 도로로 할애하는 한편 이면 도로의 자동차 출입을 제한하는 등 획기적인 자전거 이용 활성화 정책을 추진하였다. 그 결과 암스테르담은 대도시임에도 불구하고 자전거의 통행 분담률이 33%에 달하게 되었다.

역시 네덜란드에 있는 그로닝겐 시는 인구 27만 명에 자전거의 통행 분담률이 50%에 이르는 대표적인 자전거 도시이다. 그로닝겐 시는 외곽에서 도심으로 진입하는 승용차를 자전거로 대체하기 위해 도심 지역의 자동차 통행을 제한하고, 자전거 간선 도로를 확충·정비하였으며 주택가 이면 도로와 자전거 도로와의 접근성을 높이고, 가능한 한 목적지 가까이에 자전거를 주차할 수 있는 주차

시설과 도난 감시 기능을 갖춘 보관 시설을 확충하여 자전거 이용 활성화 정책에 좋은 성과를 거두었다.

프라이부르크 시는 독일 남서부에 위치한 도시로 슈바르츠발트(흑림) 지역의 중심 도시에 속한다. 이 도시 또한 1972년 이후 자전거 이용 활성화를 위해 특별한 노력을 기울인 결과 자전거의 통행 분담률이 1976년 18%에서 1996년 29%로 증가하였다. 프라이부르크에서 자전거 정책이 성공을 거둔 것은 자전거 교통과 관련된 여러 집단으로부터 광범위한 의견을 수렴하고, 시민의 적극적인 참

여를 유도했기 때문이다. 1980년 프라이부르크 시는 시민 대표, 자전거 타기 시민 이니셔티브, 독일자전거협회(ADFC), 독일 환경 및 자연보호 연맹(BUND), 시의회 학부모분과위원회로 구성된 자전거 계획위원회를 구성하여 지속적으로 자전거 이용 활성화 사업을 추진하였다.

다시 말해 외국의 대표적인 자전거 도시는 자전거 도로를 마련할 수 있는 도로 여건 덕분이라기보다는 오히려 도로 여건이 열악하고 승용차 교통을 제한하는 방안 외에는 달리 마땅한 대안이 없었기 때문에 자전거 이용 활성화를 추진하였다고 볼 수 있다.

그리고 환경 친화적 교통수단에 대한 시민의 선호와 호응을 높이기 위해 정부가 먼저 자전거 도로와 관련 부대시설의 정비 및 각종 지원을 위한 제도를 정비하였다. 이러한 정책 선도에 힘입어 민관협동 추진체계가 잘 조직되고 운영되었음은 간과할 수 없는 사실이다.

※ ※ ※

자동차 시대의 문제를 우리보다 일찍 경험한 선진국의 여러 도시들이 이렇게 적극적으로 '자전거 도시'로 탈바꿈하고 있다는 것은 우리에게도 시사하는 바가 매우 크다.

그동안 우리 정부는 지난 1995년 '자전거 이용 활성화에 관한 법률'을 제정하고 지방자치단체별로 전용 도로 등 자전거 이용 시설에 대한 정비 사업을 추진해 왔으나, 자전거 수송 분담률이 2002년 기준으로 3%에 그치는 등 아직은 자전거가 생활 속의 교통수단으로 뿌리내리지 못하고 있는 실정이다.

우리나라처럼 국토가 좁고 부존자원이 적은 나라가 세계 유수의 국가들과 어깨를 나란히 하고 나아갈 수 있는 길은 한정된 자원을 효율적으로 이용하여 최대한의 부가가치를 얻는 길밖에 없다. 그런 점에서 '자전거 타기 활성화'는 항만과 고속도로의 건설 못지않은 사회간접자본에 대한 투자라 할 수 있다.

지난 6월 환경부가 전국에 뻗어 있는 약 200km의 자전거 도로에 대한 안내서 '바이크 투어맵'을 만들고, '바이크 코리아 2006'을 선포한 취지도 바로 여기에 있다. '바이크 투어맵'에는 전국 자전거 도로는 물론 자연 탐방로, 산길, 주변 명승지, 자전거 관련 시설 등이 자세히 망라되어 있어 누구나 쉽게 자전거로 여행할 수 있도록 도와줄 뿐만 아니라 주요 도시에서 출퇴근이 가능한 지름길이 어디인지 안내되어 있어 '일상생활 속에서의 자전거 이용 활성화'를 통한 웰빙 생활과 환경 보호 실천을 표방하고 있다.

뿐만 아니라 환경부는 대기오염을 개선하고 보다 쾌적한 환경을 조성하기 위해 친환경적 교통수단인 자전거 이용을 적극 활성화하기 위한 방안을 다각적으로 추진 중이다. 일례로 10억 원을 투입, 전국의 자전거 이용 실태 조사와 외국 사례 분석 등을 통해 도시 지역, 농어촌 지역, 관광·휴양지 등 지역 특성에 따라 여러 가지로 적용할 수 있는 모델 개발을 적극 추진하고 있다. 새로 마련될 모델을 지역 특성에 맞게 적용할 경우, 자전거를 이용한 친환경적인 교통 문화의 확산 정착을 통해 교통난 해소와 건강 증진은 물론 도시지역의 대기오염 개선에도 크게 기여할 것으로 기대하고 있다.

앞서 선진 각국의 사례에서 볼 수 있듯이 자전거 이용이 활성화되기 위해서는 의욕적인 정책 추진도 중요하지만, 사회 각층의 호응과 참여가 무엇보다 절실하다.

2002년 우리나라는 모두가 하나 된 힘으로 월드컵 4강을 이루어 내 세계를 놀라게 했다. 시청 앞 광장에, 경기장에, 공원에 누가 강요하거나 끌어내지 않아도 모두 나와 뜨거운 마음으로 함께했던 것이다. 그러한 저력과 하나 된 힘이 우리 내부에는 이미 내재되어 있다. 이제 또다시 멀지 않은 미래에 맑고 푸른 공기를 가르며 시원하게 쭉 뻗은 도시의 거리를 자전거를 타고 신명나게 달릴 수 있기를 꿈꾸어 본다!

이치범_ 환경부 장관. 충남 예산 출생. 서울대학교 대학원 철학과를 졸업하고 독일 프랑크푸르트대학 박사 과정을 마쳤다. 환경운동연합 중앙사무처장을 지냈으며 〈생명의 숲 가꾸기 국민운동〉 지도위원이다. 고양환경운동연합 공동의장, 한국환경사회정책연구소장, 한국환경자원공사 사장을 지냈다.

길이 열리는 상상

— 윤 호 섭

2000년 정월 초하루 스스로에게 에너지 독립선언을 했다. 의식주의 모든 부분에서 화석연료 사용을 최소화하겠다는 다짐이었다.

옷은 현재 가지고 있는 것을 입고 더 이상 새 옷을 구입하지 않고, 먹는 것은 체력을 유지하는 선에서 자제하고 철저히 음식을 남기지 않으며, 사는 집은 공간을 줄여 가기로 원칙을 세웠다.

이동을 위한 교통수단에 대해서도 공해를 최소화할 수 있는 방법을 찾았다.

첫해는 교통 체증이 심한 월요일과 금요일에는 자가용을 집에 세워 두고 대중교통 수단을 이용하거나 전기 자전거를 구해 출퇴근에 이용했다. 그러나 차를 집에 세워 두는 날이 더 많아지게 되고 자가용 운행을 자제함으로써 얻는 편리함과 이로운 점을 깨닫게 되었다.

발로 젓는 자전거를 이용하려고 시도해 보았으나 수유리 집에서 정릉 북악터널 근처 직장까지 고갯길이 많아 몇 번 시도하다 포기하고 전기 자전거를 구입해 출퇴근에 이용해 보았다.

전기 자전거는 시속 20km 속도로 달리고 언덕도 올라갈 수 있어 사용하는 동안 공해를 발생시키지 않고 달린다는 기쁨을 안고 직장을 오갔다.

그러나 삼 년이 지나 충전식 배터리의 수명이 다하자 20kg의 폐기물이 발생하고 배터리를 재구입해야 되는 문제에 부딪치게 되었다. 그래서 공해를 전혀 발생시키지 않는 이상적 교통수단인 전기 자전거는 예비용으로 두기로 하였다.

다시 발로 젓는 자전거를 구입하여 전기 자전거를 타면서 발견했던 집과 학교를 잇는 높낮이를 최소화할 수 있는 이상적인 통로로 출퇴근하는 날이 많아졌다.

2004년 버스전용차선이 들어선 지 며칠 안 돼 그 제도의 성공을 확신하고 집에 세워 놓았던 차를 폐차하고 수유리에서 길음역까지

151번 버스, 길음역에서 학교 안까지 들어가는 마을버스와 자전거를 이용하는 다양한 교통수단을 조화시켰다.

자전거 타기는 타는 재미와 함께 공해를 발생시키지 않는다는 이점이 더해져 에너지 독립 이상의 충족감과 기쁨을 주었다. 타면 탈수록 근력이 좋아져 등판 능력도 향상되고 안전에 대한 경험, 생존력도 커져 짐이 있거나 악천후가 아니고 몸 상태만 좋으면 자전거 탈 기대로 마음이 부푼다.

자전거를 타고 골목길, 인도, 차도로 달리면서 승용차나 버스의 차창에서 보지 못하는 전경을 본다. 새로운 세상을 본다. 안 보이던 건물, 가게, 사람의 모습을 본다. 가게 주인과 행인들과 눈도 마주친다. 모두 흥미롭게 착한 눈으로 바라본다. 눈높이가 달라짐으로써 나 자신을 되돌아보게 되었다.

그동안 차 안에 갇혀 있었다. 수유리와 정릉 사이에 무수한 골목이 있고 별의별 사람들이 다 그 안에 살고 있는 모습을 목격하게 되었다. 내 집과 직장에만 사람들이 있는 것이 아니라는, 평범하지만 잊고 지나치던 사실을 자전거를 타고 새로운 통로를 개척하면서 깨닫게 되었다.

자전거는 타면 탈수록 매력이 커진다. 두 바퀴가 굴러 정지해 있는 내가 움직이는 경이로움이 가장 원초적인 자주적 신체 운동으로 실현되기 때문이다.

대기오염의 주범으로 자동차 배기가스가 지목되고 지구 온난화로 지구 생태계의 불균형이 심화되어 재앙이 예고되는 시점에서 환경적 대안으로서 자전거 타기는 타는 재미 이상의 의미가 있다.

그러나 우리나라의 경우 자전거 타는 사람의 80% 이상이 레저 스포츠를 목적으로 하고 있고 근거리 이동이 12%, 출퇴근은 5%에 그쳐 수송 분담률이 2.4%로 미비한 수준이라니 자가용 대수가 줄고 자전거로 출퇴근하는 사람이 늘어나는 꿈같은 희망을 어떻게 기대해야 할지 생각해 본다.

신호를 기다리다 자전거를 타고 있는 사람에게 물어 본다.

"자전거 타는 데 제일 힘든 것이 무엇인가요?"

"언덕 올라가기가 제일 힘들어요."

안전에 대해서 우려하는 답은 많지 않다. 질문이 힘든 문제에 대한 것이어서 힘든 문제만 이야기한다.

"가장 위험할 때는 언제인가요?"

"차도를 통과할 때."라고 대부분의 사람들은 답한다.

내 경우 절대 절명의 위기를 몇 번 경험했지만 운 좋게 큰 사고

를 모면한 적이 있다. 자전거를 타는 사람 대부분은 그런 경험을 토대로 나름대로 생존 방법을 터득하며 자전거가 괄시당하는 서울이라는 특수 상황의 도시에서 거리를 달리고 있다.

자전거로 출퇴근하는 사람들을 늘려 교통 체증을 줄이고 대기오염을 막으려면 이 두 가지 답변에 대한 해결책이 있어야 한다. 고저가 심한 서울의 지형적 특성을 극복할 수 있는 창조적 해결 방안이 심도 있게 연구되어야 한다.

두 가지 모두 간단히 해결될 문제는 아니다. 외국의 경우 자전거 수송 분담률이 덴마크 코펜하겐이 20%, 독일 에를랑겐 26%, 일본 도쿄 25%, 중국 베이징 48%, 심양 65% 등에 이르고 있으나 그 도시들은 대부분 평지로 되어 있어 달리는 데 큰 힘이 들지 않는다. 그러나 서울은 차선의 구획을 긋거나 교통법규를 제정하는 것으로 해결될 수 있는 문제가 아닌 지형적 취약성을 가지고 있다. 경사도의 문제를 해결할 수 있다면 자전거 분담률을 높일 수 있고 도로 위에서 자전거의 위상이 높아져 자전거 이용자들의 교통 환경을 유리하게 전개할 수 있다.

'고갯길 오르기를 손쉽게 할 수 있는 방법은 없을까?' 언덕에 오를 때마다 생각나는 질문이다. '케이블이나 이동 벨트를 설치하면 어떨까? 폭이 좁은 보행자와 자전거 전용 터널을 파면 어떨까? 비용은……, 실제 사용자 수는……' 질문이 꼬리를 문다. 자가용 운전자들과 관련 공무원들이 이런 말을 얼마나 귀담아 들을까?

그러나 모두 가능하고 현실성이 있다는 확신이다. 예를 들어 미아리 고개 밑으로 차도 1차선 정도의 터널을 뚫어서 길음과 돈암동을 평지화하면 의정부에서 서울 도심으로 들어오는 자전거의 애로는 완전히 해결된다.

미아리 고개, 불광동 고개, 망우리 고개 등 서울의 요충인 세 곳만이라도 자전거 두 대가 교차할 수 있는 전용 지하터널을 판다면 자전거 타는 사람들의 사기를 크게 올려 주고, 자전거로 출퇴근하는 교통 인구를 비약적으로 늘릴 수 있다고 상상해 본다.

한 곳이라도 상징적으로 터널을 굴착하면 십 년이 걸리더라도 자전거 타는 사람들에게 꿈을 심어 줌과 동시에 내일을 기대하게 할 수 있고, 예산이 없다면 연구 설계라도 하여 미래의 가능성에 희망을 주길 기원한다.

터널 공사가 어렵다면 간단히 지면 케이블을 설치해 자전거를 기대고 등판할 수 있는 설비도 가능하다고 상상해 본다. 케이블의 동력이 결국 석유나 원자력으로 만든 전기이기 때문에 청정 에너지는 아니나 공해 문제는 없다고 자위한다.

고갯길 문제를 해결하지 않고는 레저 스포츠나 인근 이동 목적의 자전거 이용 차원에서만 자전거 타기가 맴돌 것이기 때문에 자전거 타는 서울을 만들기 위해서, 자전거 타는 부산, 광주, 대구를 만들기 위해서 고갯길 경사도를 낮추는 사업이 최우선적으로 검토되어야 한다고 믿는다.

미아리 고개 밑에 터널이 뚫리는 꿈을 매일 꾼다. '꿈은 이루어진다.' 라는 말을 되뇐다. 자전거가 물결치는 서울의 도심을 상상한다. 환경 문제, 석유 고갈, 공해 극복을 위한 차원을 넘어 내 발로 저어 앞으로 나가는 경이로운 이동 방법으로 신비의 녹색 행성 지구에서 달리며 살고 싶다.

윤호섭 _ 국민대학교 시각디자인학과 교수. 한국광고학회 상임이사. 대한민국 광고대상 심사위원을 지냈다. 교육과 환경, 디자인과 환경을 접목시키는 작업을 추진하고 있으며 학생들과 함께 민간 단체들의 환경 운동을 효과적으로 전개할 수 있는 시각디자인물을 제공하고 있다.

자전거 도둑

— 권 지 예

　나는 아직도 자전거를 타지 못한다. 간혹 한강변에 나가 아들이 자전거를 타는 모습을 흐뭇하게 바라보든가 남편의 등 뒤에 타곤 했다. 늘 그랬다. 여의도 광장에서 자전거를 탔던 청춘에도 나는 멋지게 쌩쌩 달리는 누군가를 바라보거나, 누군가의 등 뒤에 타고는 떨어질세라 앞사람의 옷깃을 움켜쥐었다. 발로 구르며 달리는 풍경의 속도가 내 것이 아니어서일까. 나는 남의 자전거를 타면, 획획 **빠르**게 지나가는 풍경에 현기증과 멀미를 느끼곤 했다.

　나는 내 두 발로 자전거의 페달을 밟으며, 핸들을 쥔 두 팔에 내가 긋고 지나가는 땅의 기운과 숨결을 느끼고 싶었다. 그래서 여러 번 자전거를 배우기 위해 넘어지곤 했다. 겨우 몇 미터 나가다가도 쓰러졌다. 커브를 돌 땐 반드시 넘어졌다. 쓰러지려는 쪽으로 핸들을 꺾어! 내 곁에서 자전거 타기를 가르쳐 주던 누군가는 꼭 그렇게 외쳤다. 넘어지는 걸 두려워하지 마!

나는 아직도 자전거를 타지 못한다. 왜 그럴까. 넘어지는 걸 두려워하고 쓰러지려고 하면 잽싸게 반대쪽으로 급히 핸들을 꺾기 때문에 금세 넘어지고 만다. 내 머리가 내 몸을 지나치게 보호하려고 들어 몸의 방심을 허락하지 않는 것이다. 자전거는 어쩌면 그 머리의 의심을 다 비워 내야만 탈 수 있을지 모른다. 나는 그 단순한 게 안 되는 것이다. 오히려 어린아이는 자전거를 금방 배운다. 나는 어린아이 같은 단순함이 마냥 부럽다. 어른이 되면 회복하지 못하는 그런 것들이 있는 것이다.

* * *

아이들이 자전거를 배우는 것은 놀랍다. 보통 세 살 무렵이 되면 아이는 세발자전거를 탄다. 세발자전거를 타던 아이가 조금씩 자라면서 일곱 살 무렵이 되면 어린이용 두발 자전거를 탄다. 하지만 아이는 몸이 다 자라기도 전에 제 몸보다 큰 성인용 자전거를 조르기 시작한다.

　내 아들은 어릴 때부터 모든 탈 것에 관심이 많았다. 특히 둥근 바퀴나 핸들을 보면 돌리고 싶은 욕망을 참지 못했다. 돌이 되기 전에는 어느 틈에 자동차 운전석으로 기어가서 핸들을 열심히 돌리곤 했다. 걸음마를 시작하면서는 쇼핑센터의 세발자전거 코너를 떠나지 못하고 세워 놓은 자전거 바퀴를 쪼그리고 앉아 죄다 돌려 보아야 직성이 풀렸다.

　아이의 성장과 함께 자전거의 숫자가 늘어 갔다. 만 열 살이 넘자 아이는 이제부터 학원이나 학교에 자전거를 타고 다니겠다고 선포했다. 그리고 자신이 점찍어 둔 자전거를 사 달라고 졸랐다. 타던 자전거가 있었지만, 아이는 막무가내로 안전을 위한 자가용 자전거니까 자신이 원하는 자전거를 사 달라고 요구했다. 나는 반대했다. 학교는 걸어가면 되고, 학원은 아파트 앞까지 셔틀버스가 왔다. 그리고 몸집이 작은 아이가 자전거를 타는 게 늘 애처롭고 힘겨워 보였기 때문이다. 물론 내 걱정과는 달리 아이는 무척 속도를 즐겼다. 다행히 우리 동네는 자전거 전용 노로가 잘 발달되어 있다.

　결국 아이를 이기지 못하고 꽤 비싼 자전거를 사 주고 말았다. 아이는 자전거를 거실에 모셔 놓고 기름 걸레로 윤을 내고 닦으며 애지중지했다. 자전거는 몹시 컸다. 아이의 발이 페달에 닿으려면 거의 까치발을 해야 했다. 그러나 아이는 묘기를 부리듯 그 큰 자전거를 잘 부리며 쌩쌩 신나게 달렸다.

그런데 어느 날 밤, 학원에서 아이가 돌아오지 않았다. 학원에 전화해 보니 한 시간 전에 집으로 떠났다고 했다. 한참 걱정을 하고 있는데 아이가 들어왔다. 아이의 얼굴이 이상했다.

그러고 보니 밖에 세워 두라고 해도 늘 현관으로 끌고 들어오는 자전거가 보이지 않았다.

"자전거는……?"

내가 물었다.

내 얼굴을 보자마자 아이는 눈물을 주르륵 흘렸다.

"학원 앞에 세워 뒀는데 나오니까 없어졌어."

"자물통 채워 놓았던 거야?"

"응, 근데 끊어 버리고 갖고 갔어. 한 시간 동안 그 주변을 다 찾아보고 기다렸는데 없어. 내 새 자전거가……."

아이는 드디어 울음을 터뜨렸다. 자물통을 끊고 간 정도라면 찾을 수가 없을 것이다. 억울하고 분했지만 어쩔 수 없었다. 자전거를 도둑맞다니. 하필 내 아이의 자전거를 도둑맞다니. 비토리오 데 시카 감독의 〈자전거 도둑〉이란 영화가 떠올랐다. 나는 아이의 어깨를 감싸 안아 줄 수밖에 없었다.

자전거를 잃고 아이는 무척 침울했다. 더 이상 자전거를 사 달라고 할 염치가 없었는지 아이의 입에서 '자전거'라는 단어는 자취를 감췄다. 간혹 친구의 자전거를 빌려 타는지 친구들이 공원으로 자전거를 타러 갈 때도 그냥 맨몸으로 나가곤 했다. 그런 침울한 아이가 안돼 보여 그 이듬해 어린이날에 동네 대형 쇼핑점에 멋지게 진열된 자전거를 망설이다 또 사 주게 되었다. 아이의 기쁨에 찬 얼굴은 그 동안의 침울했던 기운을 말끔히 씻어 냈다.

아이는 집에서 인터넷 게임을 하다가도, 공부를 하다가도 "나 바람 쐬고 올게." 하면서 자전거를 타러 나갔다. 어느 날은 혼자서 안양천을 따라 끝까지 갔다 왔다고도 했다. 이번에 산 것은 접이식 자전거라 가끔 차에 싣고 한강변이나 유원지로 함께 나가 타기도 했다. 조그만 아이가 커다란 자전거를 굴리며 멀리서 나타나 "엄마!" 하며 손을 흔들고 지나가는 모습이 무척 대견하고 씩씩해 보였다.

이번에는 나도 자전거 타기를 배워 그 자전거로 도서관도 가고 시장도 갈 생각을 했다. 그러려면 장바구니 넣을 바구니도 달아야 했다. 아들과 나는 자전거 부속품점에 가서 이것저것 부착하고 꾸 몄다. 애마를 쓰다듬고 꾸미는 기쁨이 그러할까. 그렇게 잠시 행복에 들뜬 바로 그날 밤 자전거는 또 사라져 버렸다.

밤에 출출해서 아이와 군것질거리를 사려고 편의점에 들르기로 했다. 바로 코앞에 있는 편의점이어서 걸어가도 되지만, 자기는 짐 꾼으로 짐을 실어 와야 하니 자전거를 갖고 가겠다고 했다. 우리는 집에서 자전거를 슬슬 끌고 가서는 편의점 옆의 자전거 거치대에 잠시 자전거를 세워 두었다. 그리고 물건을 샀다. 한 오 분이나 되었을까. 그런데 그 사이, 자전거는 거짓말같이 사라져 버렸다. 믿을 수가 없었다.

그때 어둠 속에서 아이의 얼굴이 분노로 일그러지는 걸 나는 보았다. 두려웠다. 아이가 세상에 대해 가질 불신과 분노를 생각하니 그랬다. 우리는 함께 편의점 주변을 돌았다. 왜 그렇게 자전거 타는 사람만 눈에 보이는지. 왜 다 내 아이의 자전거만 같은지. 아들과 나는 따로 구역을 정해 주위를 탐색해 나가자고 했다. 아이의 어깨 처진 뒷모습을 애처로이 바라보며 나는 이미 그 짓이 소용없을 줄 알았다. 우리 두 사람은 곧 자전거 거치대 앞으로 돌아왔다.

"이름도 써 놨는데…… 그리고 나만 아는 비밀 표시도 해 두었는데……."

아이가 울먹였다.

자전거 거치대에 있는 자전거를 우리는 다시 샅샅이 살펴보았다. 그 많은 자전거 중에 세 대는 묶여 있지 않았다.

"이거, 가져가 버릴까?"

아이가 어떤 자전거의 핸들을 움켜쥐었다. 그 자전거는 아이의 것과 아주 비슷했지만 매직으로 '김현진'이란 이름이 쓰여 있었다.

"이거 이름 지워 버리고……."

나는 고개를 흔들었다.

"왜 나만 당해야 돼? 왜 이렇게 세상엔 도둑놈들이 많아?"

아이가 울기 시작했다.

* * *

그날 밤, 나는 잠을 이루지 못했다. 내가 알고 있는 모든 자전거 도둑의 이야기가 떠올랐다. 비토리오 데 시카 감독의 〈자전거 도둑〉에 나오는 안토니오와 어린 아들 브루노. 2차대전 직후의 로마에서 오랜 실직 끝에 벽보 붙이는 일자리를 얻은 안토니오는 그 일을 하기 위해서 아내가 아끼는 침대 시트를 전당포에 맡기고 자전거를 구한다. 그러나 이튿날 벽보를 붙이는 동안 한 사내가 자신의 자전거를 타고 도망치는 걸 보게 된다. 아들과 함께 도둑을 잡기 위해 거리를 헤매지만 막상 도둑을 잡고 보니 그는 자신보다 더 형편없이 가난한 병자에다 자전거는 이미 그의 수중에서도 떠났다. 결국 생존의 벽 앞에서 허탈과 절망을 느낀 아버지는 자전거를 훔치게 된다. 그러나 금방 들키게 되어 아들 앞에서 온갖 모욕을 받게 된다.

또 하나의 가슴 찡한 영화인 왕 샤오슈아이의 작품 〈북경 자전거〉.

가난한 열일곱 살 소년 구웨이는 베이징에서 물품 배달원으로 취직하여 회사로부터 600위안짜리 자전거를 대여받는다. 그런데 열심히 일해서 자전거 값을 거의 벌어갈 무렵, 자전거를 잃어버리게 된다. 온 베이징을 다 뒤지던 그는 자신의 자전거를 타고 다니는 어떤 소년을 발견하게 된다. 그 소년 역시 불행한 환경에서 자라나 배다른 여동생의 돈을 훔쳐 갖고 싶은 자전거를 중고상에서 구한 것이 바로 구웨이의 자전거였던 것이다. 그로부터 벌어지는 가난한 두 소년의 자전거 소유권 쟁탈전. 결국 어쩔 수 없이 하나의 자전거를 놓고 공유하는 방법을 터득하고 두 소년 사이에는 미묘한 우정이 싹튼다는 이야기다.

아이에게 나는 그 영화들을 보여 주자고 결심했다. 세상을 믿지 못하고 상처 받은 아이에게 내가 세상에 대해 강변하고 싶은 생각도 별로 들지 않았다. 아이는 영화를 보고 아무 말 하지 않았다. 그러나 아이의 표정은 숙연했다. 나는 조심스레 아이에게 말했다.

"그래도 우린 그렇게 가난하진 않잖아. 누군가 필요한 사람이 가져갔다고 생각하자. 우린 또 살 수도 있잖아?"

아이는 이제는 자전거에 대한 욕심을 버렸고 별로 타고 싶지 않다고 했다.

그리고 2년이 흘렀다. 아이에겐 또 새 자전거가 생겼고 아이는 자전거에 대한 사랑을 끊을 수 없는 듯했다.

권지예__ 1997년 『라쁠륨』으로 등단했으며, 장편소설 『아름다운 지옥』, 소설집 『꿈꾸는 마리 오네뜨』, 『폭소』, 『꽃게 무덤』, 산문집 『권지예의 빠리, 빠리, 빠리』, 『사랑하거나 미치거나』가 있다. 이상문학상, 동인문학상을 수상했다.

이 도서의 국립중앙도서관 출판시도서목록(CIP)은
e-CIP 홈페이지(http://www.nl.go.kr/cip.php)에서 이용하실 수 있습니다.
(CIP제어번호: CIP2006002706)

.

자전거가 있는 풍경

첫판 1쇄 펴낸날 · 2007년 1월 25일
첫판 10쇄 펴낸날 · 2020년 1월 3일

지은이 · 구효서 · 박경철 외
펴낸이 · 박성규

펴낸곳 · 도서출판 아침이슬
능복 · 1999년 1월 9일(제10-1699호)
주소 · 서울 은평구 불광로 11길 7-7(03353)
전화 · 02) 332-6106
팩스 · 02) 322-1740
이메일 · 21cmdew@hanmail.net

ISBN · 89-88996-72-0 03810

책값은 뒤표지에 있습니다.